SAN
JUDAS
TADEO

Apóstol de las causas perdidas

Antonio Velasco Piña

SAN JUDAS TADEO

Apóstol de las causas perdidas

Grijalbo

San Judas Tadeo
Apóstol de las causas perdidas

Primera edición para México: octubre, 2009
Primera edición para Estados Unidos: febrero, 2010

ISBN 978-030-739-323-4

Impreso en México / *Printed in Mexico*

Distributed by Random House Inc.

*Tu tarea será dejar semillas que den origen a otros árboles
que tengan la capacidad de poder injertarse con los viejos,
revitalizándose, y a la vez nutriéndose
con su ancestral sabiduría.
Judas, debes creerme, tu contribución es primordial
en el proceso de unificación espiritual.*

1

Una mirada de Jesús

Aquel día, en vísperas del ocaso, Alteo y María Cleofás padecían la mayor angustia que puede tener un ser humano. Impotentes, contemplaban la agonía de un hijo. Judas, el más joven de sus descendientes, de tan sólo cinco años de edad, se agitaba febril e inconsciente en su lecho, presa de fuertes convulsiones. Ni el curandero ni el rabino que lo habían examinado por la mañana creyeron que pudiera continuar con vida al anochecer. Padecía una extraña enfermedad que iniciaba con mareos, continuaba con altísima fiebre, vómito y pérdida de la conciencia, segando la existencia de sus víctimas —especialmente de niños y ancianos— en muy poco tiempo. La opinión popular atribuía su origen a los "malos aires" provenientes de los desiertos de África.

Al lado de los padres se hallaban José y María,

quienes vivían en la misma casa y eran parientes del desconsolado matrimonio. José era hermano de Alteo y María prima de María Cleofás.

Las agitaciones del enfermo se incrementaron al máximo y luego se interrumpieron súbitamente: parecía que de su boca hubiera exhalado un último estertor; la familia se estremeció sin saber qué hacer.

Justo en ese instante se oyó a espaldas de los presentes una vocecita infantil que les hizo voltear.

—¿Qué le pasa a mi primo? —preguntó con acento intranquilo un pequeño de la misma edad del que se hallaba postrado.

El niño entró precipitadamente en la habitación y sus ojos se detuvieron en el cuerpo yaciente. Entonces sus pupilas irradiaron emociones entremezcladas: compañerismo y afecto, piedad y congoja; era un fulgor poderoso e indefinible.

—¡Jesús!, sal de aquí; tu primo está muy enfermo —ordenó María con voz enérgica pero amable.

Sin embargo, Jesús no obedeció; parecía ni siquiera haber escuchado a su madre. Su mirada se quedó absorta en su primo.

De repente, María Cleofás gritó alborozada, al tiempo que intentaba controlar el llanto y abrazaba con sumo cuidado a su hijo:

—¡Está volviendo en sí!

Y así fue. El niño había abierto los ojos, estaba aturdido y no comprendía lo que pasaba a su alrededor.

—Me duele mucho la cabeza —afirmó quejumbroso.

Alteo le tocó la frente y exclamó sorprendido:

—¡Ya no tiene fiebre!

—¡El Señor ha escuchado nuestras súplicas! —exclamó María Cleofás con los brazos extendidos hacia arriba.

—Ahora que el desconcierto se ha convertido en alegría, creo que debemos dejarlos para que descansen —dijo José, señalando a su esposa y a su hijo la puerta de salida de la habitación.

Años después de aquel prodigio...

2

El báculo de Judas

—El tiempo ha llegado, ya no tendremos que soportar el yugo de los romanos. El pueblo elegido por Dios será libre. Así como en el pasado vencimos a los cananeos y a los filisteos, ahora derrotaremos a los romanos, cuyo poder se derrumbará como los muros de Jericó.

Quien así hablaba ante una veintena de jóvenes de la aldea de Nazaret, al pie de una montaña, era Ismael, un muchacho de gran musculatura e indudable carisma, hijo de un prominente rabino de Jerusalén.

Con profunda emoción prosiguió:

—Aunque en realidad el fin del dominio romano será algo secundario. Lo primordial es que los intérpretes de las Escrituras han llegado a la conclusión de que el Mesías ya ha nacido y se encuentra oculto entre nosotros; será por tanto él quien ocupe el trono de Israel.

La noticia del advenimiento del Mesías causó enorme conmoción en la audiencia. Las voces sorprendidas se unieron en un solo murmullo que interrumpió al orador. Judas y su primo Jesús estaban presentes en aquella congregación. El primero levantó la voz y logró que se escuchara una opinión que varios compartían:

—Si el Mesías ya está con nosotros, ¿por qué necesitamos sublevarnos? Él se tendría que encargar de acabar con los romanos.

—La revuelta es necesaria —respondió Ismael—, será la forma de hacer ver al Mesías que el pueblo de Israel no se limita a esperar pasivamente su liberación, sino que contribuye con su esfuerzo para lograrla. Una vez que inicie la lucha, el Mesías aparecerá públicamente y le bastará un gesto o una sola palabra para terminar con la represión.

Ismael concluyó comunicándoles que al día siguiente regresaría a Jerusalén, para informar a los principales miembros de la insurrección que en Nazaret había jóvenes dispuestos a secundar el movimiento.

Antes de que oscureciera, la audiencia se diseminó. Jesús y Judas emprendieron el camino de vuelta a casa invadidos por un silencio que disfrazaba la incertidumbre. Judas sabía muy bien que sus tíos, José y María, al igual que su primo, eran de carácter pacífico, y que aun cuando no colaboraban de manera alguna con los enemigos, difícilmente se prestarían a participar en una acción que implicase ejercer violencia en su contra. Entonces quiso conocer de su propia voz la opinión de Jesús al respecto y, no sin cierta vacilación, formuló una retahíla de preguntas:

—¿Qué opinión te merece lo que ha dicho Ismael? ¿Crees que en verdad ya ha llegado el Mesías? ¿Tomarías parte en una rebelión contra los romanos?

En el rostro de Jesús se dibujó una leve sonrisa. Sin responder directamente, se limitó a decir:

—Ismael lo ignora, pero su padre es un espía de los romanos, así que ellos ya están al tanto de que se está tramando una rebelión.

Lo dicho por Jesús paralizó a Judas y le hizo detener su andar. No le preguntó cómo estaba enterado de eso: hacía ya tiempo que había podido constatar que, sin que comúnmente hiciese gala de ello, su primo parecía siempre saber todo. Con alarmado acento afirmó:

—De ser así, Judea estará muy pronto llena de legiones romanas.

—No será necesario —expresó Jesús—, quizá sólo manden una.

Los acontecimientos confirmaron muy pronto lo acertado del juicio de Jesús. Aún no transcurrían ni 10 días de la reunión que encabezara Ismael en Nazaret, cuando llegó a dicho poblado la noticia de que una legión romana, con sede en Egipto, realizaba una práctica de marcha que la llevaría a recorrer el territorio de Israel y que en fecha próxima transitaría por las cercanías de Nazaret.

Llegado el día, un gran número de habitantes de Nazaret y de las aldeas vecinas se apostó muy de mañana cerca del camino por donde pasaría la legión. En el intranquilo grupo se encontraban Judas y su primo Jesús.

El duro y rítmico retumbar de los tambores de guerra se hizo escuchar antes de que se avistase en el horizonte el avance de las tropas, que conformaban una gruesa columna de líneas de 20 en fondo. Al frente marchaba un oficial de recia complexión que empuñaba un bastón de mando. A continuación venían los portadores de las insignias que diferenciaban a esa legión, ataviados con pieles de lobo, y luego la totalidad de las tropas. Los soldados llevaban una armadura ligera que envolvía parte de su cuerpo y dejaba al descubierto las rodillas; en su cinturón colgaba una espada ancha y corta.

La forma de marchar de las legiones romanas era de singulares características. La perfecta sincronización de los movimientos de cada uno de los integrantes producía la impresión de estar frente a un organismo de unificada conciencia, dotado de una fuerza sobrehumana que le otorgaba un poder imbatible.

Al llegar frente al puente que atravesaba un riachuelo, las tropas se detuvieron, para luego seguir el avance caminando desincronizadamente. Una vez cruzado el puente, los soldados recuperaron su ordenada formación y reanudaron la marcha.

—¿Por qué habrán dejado de marchar al cruzar el puente? —preguntó Judas a Jesús.

—Su modo de andar produce una vibración de tal intensidad que habría ocasionado que el puente se viniese abajo —explicó Jesús.

El resonar de los tambores fue alejándose hasta dejar de oírse. La multitud que había acudido a observar el paso de la legión permanecía aún inmovilizada. En las miradas de la gente podía leerse una mezcla de admiración, respeto y temor, provocada por el espectáculo que acababan de presenciar. Muy lentamente comenzaron a dispersarse.

—Bien —comentó Jesús—; como podrás comprender, por ahora no habrá ninguna rebelión en Judea. Hoy fuimos testigos de cómo los romanos logran mantener el control de sus territorios, sin estar obligados a enfrentar rebeliones, salvo en muy contados casos. Tienen un eficaz sistema de espionaje que les permite saber en cuál de sus dominios se gesta una revuelta; en cuanto se enteran mandan a la legión más próxima a recorrer esa zona con una imponente marcha. Esto produce una impresión tan grande en los habitantes que les quita todo deseo de rebelarse.

—Me llamó especialmente la atención el bastón del oficial que comandaba a la legión —confesó Judas—. Es como si a través de él se pudiesen transmitir las órdenes y éstas fueran obedecidas simultáneamente por todos: acelerar o disminuir el paso, detenerse, romper la formación, volverse a formar, reanudar la marcha.

—Evidentemente no era un bastón ordinario; estaba cargado de poder —afirmó Jesús.

—¿Y cómo fue que se le pudo dotar de ese poder?

—Al marchar en la forma en que lo hacen, las

legiones se conectan con la fuerza que brota de la tierra y es esta potencia la que se concentra en sus bastones de mando.

—Me gustaría tener un bastón así —dijo Judas, y agregó con evidente tono de broma—: Tú eres carpintero, así que muy bien podrías hacerme un bastón de esa clase.

Jesús se detuvo repentinamente. Su rostro reflejaba una marcada seriedad, pero pronto se suavizó, y le aseguró:

—Te confeccionaré un báculo con mucho mayor poder que el de los romanos.

3

¿Eres tú el Mesías?

Al día siguiente, Jesús se dispuso a crear el báculo que le regalaría a Judas. Desde niño había aprendido el oficio de carpintero teniendo como maestro a José, quien había dedicado su vida entera a esa tarea. Como su padre adoptivo, José percibió siempre la inteligencia sobresaliente que Jesús siempre mostró. En cada tarea que realizaba, Jesús se transformaba completamente en el objetivo que buscaba. Cuando José lo veía trabajar en algo recordaba lo que alguna vez, siendo niño, le dijo cuando le preguntó por qué se encontraba absorto y alejado de cualquier distracción: "En lo que fijes tu atención, en eso te conviertes".

Cortaba la madera y le daba forma al báculo en su totalidad, al tiempo que definía los detalles que lo conformarían, tallando y dejando toda la superficie lisa, como si quisiera transformar aquel madero en mármol. Había cortado la pieza de madera a una altura que encajara de manera exacta con la estatura de su primo. En la mente de Jesús se formaba la imagen visual que deseaba lograr, pero en su espíritu se generaban todas las bendiciones que derramaría en él. Aquel objeto no sólo serviría para simbolizar el poder que entregaría a Tadeo; también sería el conducto a través del cual transmitiría la inspiración y los dones que Jesús le encomendaría regar en la semilla que, en su momento, dejaría. Al terminar de crearlo, Jesús tomó distancia de su obra y la contempló: era el báculo que llevaría uno de sus apóstoles.

Tres días después del paso de la legión por las cercanías de Nazaret, Jesús le regaló a Judas el báculo prometido. No se asemejaba en nada a los bastones de mando de los romanos. Era mucho más largo y menos ancho. Se trataba de un cetro de delicadas formas tallado en finas maderas. En silencio, Jesús lo puso frente a Tadeo, quien sintió la fuerza de aquel objeto en su ser. Tuvo el impulso de tomarlo con su mano derecha, pero sentía una mezcla de miedo y respeto por aquello que Jesús le entregaba. Lentamente, Tadeo posó su mano sobre la madera. Al tocarlo, sintió un leve mareo que mitigó aferrándose a aquel trozo de madera que, por un momento, se convirtió en su único apoyo para mantenerse de pie. Jesús no intervino, esperaba una reacción así y sabía que debía dejar que el báculo y su portador equilibraran sus energías hasta que el madero se transformara en una extensión de su espíritu.

—Tendrás que dotarlo de fuerza practicando caminatas rituales, aunque por la índole misma de tu trabajo no te faltarán oportunidades para entrenarte —dijo Jesús al entregarle el báculo.

Judas había aprendido de su padre el oficio de curandero de animales. Ello lo obligaba a trasladarse continuamente a diferentes lugares donde necesitaban su asistencia. Desde muy joven, Judas fue admirado entre los que guardaban y guiaban el ganado en la región. Los pastores honraban su capacidad para sanar a los rebaños y su permanente disposición para ayudarlos; con gran afecto lo llamaban "Tadeo", el Magnánimo.

Judas agradeció cumplidamente el obsequio y le pidió a Jesús que lo acompañara por el campo para que le mostrara la forma correcta de utilizar el cetro.

Era un día soleado y sin nubes, pero por ser muy de mañana aún no se sentía mucho calor. Los primos caminaban por un ancho sendero en medio de un cultivo de vides, y comentaban la inagotable belleza que Dios había procurado a los jardines del hombre.

—Por ahora sólo los menos han podido tomar conciencia de los dones del cielo —afirmó Jesús.

—¿Qué quieres decir?

—Quizás el báculo sea un buen motivo para explicarme. Verás, los bastones romanos de mando poseen autoridad en el plano material, pero los báculos como éste tienen poder en el plano espiritual. Quien los porta y recorre ritualmente las rutas sacras se puede unir con las fuerzas celestiales. La tierra de Israel es sagrada y existen en ella numerosos caminos que pueden transitarse para conferir poder espiritual a un báculo.

—Pero dime, ¿cuál es el modo adecuado de efectuar las caminatas para lograr vincularse con ese plano? —insistió Tadeo.

—Debes caminar y orar al mismo tiempo. La oración puede ser en voz alta o en silencio; lo importante es que sea *consciente*.

Jesús tomó el cetro de las manos de Judas e inició un andar pausado. Su rostro revelaba un estado de intensa concentración y solemne recogimiento. Al llegar al final del sembradío, Jesús detuvo su andar y devolvió el báculo a su primo. Sin pronunciar palabra, le indicó con un ademán que caminara como él. Entonces Tadeo emprendió la marcha y comenzó a orar repitiendo plegarias que aprendió a recitar desde su infancia.

Continuaron así la travesía hasta llegar a un terreno casi desértico. El incremento del calor empezaba a sentirse considerablemente.

Después de un tiempo, Tadeo se dio cuenta de que en sus oraciones sólo había rutina. Pronunciaba muchas frases cuyo significado ignoraba, y aquellas que comprendía no guardaban relación alguna con sus emociones.

—No lo puedo lograr. ¿Cómo despertar esa conciencia de la que hablas? —preguntó Judas con cierto desánimo.

—Tus plegarias tienen que nacer de la devoción, y no de la costumbre. El cielo escucha si es un corazón viviente el que habla con fervor.

La energía de las palabras de Jesús causó una fuerte conmoción en Tadeo, quien repentinamente trascendió el nivel ordinario de percepción y tuvo un atisbo de la presencia de Dios en todo lo existente. Retomó la caminata con el pie derecho, y con voz temblorosa pronunció las primeras sílabas de las oraciones que Jesús le había indicado. A su costado derecho, Jesús caminaba al mismo ritmo, conformando ambos una caminata que simulaba el avance de una marcha militar. Poco a poco, Tadeo fue internándose en un estado de introspección que borraba todo lo que a su alrededor se presentaba; sólo de su lado derecho percibía una intensa luz que emanaba del cuerpo de su primo. Una y otra vez repitió las oraciones, a manera de mantra, generando un ritmo que lo llevaba, casi hipnóticamente, a recomenzar con las plegarias.

Un sentimiento de grandiosidad persistió en Judas hasta que, asombrado, descubrió que la tarde ya había caído. En aquel momento comprendió que, empuñando el báculo y acompañado por Jesús, había caminado todo el día bajo un sol abrasador, sin sufrir cansancio y sin percatarse del paso del tiempo. Aturdido aún por la imponente experiencia que acababa de tener, dejó de caminar y contempló el rostro de Jesús, que reflejaba un misterioso gesto de complacencia.

—Serás un gran caminante, y habrá una época en la que te convertirás en un portador de la buena nueva y llegarás muy lejos —le dijo Jesús con profundo afecto.

Tadeo sintió nuevamente una inesperada señal. Se hincó, tomó de las manos a su primo, y con voz alterada le preguntó:

—¿Acaso eres tú el Mesías?

Jesús se limitó a asentir con la cabeza sin decir nada.

—Entonces también eres tú el que ha venido a liberarnos de la dominación romana. Dime, ¿cuándo cumplirás ese designio?

—Mi misión abarca todo y a todos, no sólo al pueblo de Israel. No tengas prisa y recuerda aquello que igualmente debe revelarse en la conciencia: las puertas de salvación que se abrirán no serán materiales, locales y transitorias, sino espirituales, universales y eternas.

Esa noche, después de aquella intensa participación de la conciencia de Dios, Judas Tadeo se reconoció como discípulo de Jesús.

—A partir de hoy llevaré conmigo este báculo como símbolo de unión con lo sagrado y de la participación de la conciencia en Dios que me has enseñado.

4

Anuncio e inicio de viaje

La relación entre Tadeo y Jesús se había estrechado aún más después de aquella iniciación en los poderes del cetro espiritual y la oración. Judas pudo intuir que Jesús era más que sólo hombre, y que en él se contenía un tesoro de bienaventuranza. Pronto descubrió que gracias a las enseñanzas de su primo podía entrar en estados contemplativos que pertenecían a un orden más elevado que las cosas cotidianas.

Una tarde, mientras Tadeo se encontraba en una aldea cercana, con una oveja moribunda entre los brazos, tuvo el presentimiento de que algo grave sucedería en su familia. Aquella especie de vaticinio se cumplió cuando unos días después halló muerto a su tío José, en el taller de su casa. Inquieto y lleno de incertidumbre, Tadeo entró a la carpintería que se situaba al frente de la casa de sus tíos buscando a Jesús. Quería contarle la zozobra que tenía en el corazón. Recién daba los primeros pasos dentro del centro de trabajo de José cuando, primero, vio una de sus herramientas abandonada en el piso. No era costumbre de su tío aquella señal de desorden.

Fracciones de segundo después volteó al otro extremo del taller para encontrar el cuerpo inerte de José en el piso. En un movimiento llegó hasta donde estaba y tomó la cabeza de José con ambas manos sólo para descubrir que su alma había ya partido de este mundo. Atónito, corrió a buscar a todos para darles la infausta noticia. Al enterarse, María sintió un inmenso dolor en su alma y no pudo contener las lágrimas. Jesús le dio la mano y le dijo abatido:

—Él no ha muerto, madre mía; sólo ha superado la distancia que lo separaba de Dios.

Tal como había sido su vida, el fallecimiento de José ocurrió de forma tranquila y apacible; no lo precedió agonía ni enfermedad alguna. Se encontraba trabajando en su banco de carpintería, cuando perdió el conocimiento y se desplomó. Con todo, su rostro sólo irradiaba paz.

José siempre había atendido las necesidades de su hijo adoptivo Jesús, y de su esposa María; invariablemente les prodigó un amor puro e incondicional. En los ritos funerarios hubo una nutrida procesión con diversas demostraciones de pesar de toda la comunidad cercana que le tenía respeto y afecto.

Tras la muerte de José, Tadeo participó más en la carpintería de la que ahora se ocupaba Jesús. En realidad siempre había sido aprendiz de su tío, y había combinado sin contratiempos esa actividad con la curación de animales, para poder colaborar en el taller cuando había un exceso de trabajo.

Un día Jesús y Judas fueron hasta el Valle de Jezreel, en donde conseguían maderos para confeccionar yugos. De regreso una fuerte lluvia les impidió continuar el camino a casa, así que se refugiaron en un frondoso y alto terebinto. Bajo ese árbol, Jesús le contó a Tadeo su intención de viajar por tierras lejanas, y que su ausencia se prolongaría por un largo periodo.

—¿Adónde irás? —le preguntó Tadeo.

—Mi recorrido se extenderá por todo el mundo: el propósito es abrir caminos por los que luego transitarán los que habrán de seguirme. Tú has experimentado ya lo que significa recorrer una ruta sagrada.

—¿Qué tan grande será el mundo y cuántos caminos de esa índole podrá tener?

—Es mucho mayor de lo que se supone, y existen muchas y muy diversas rutas.

—Entonces no te alcanzará la existencia para caminar por todas.

—Cuento con la ayuda que me brindará mi Padre celestial para poder hacerlo.

—Si es posible, me gustaría acompañarte en tu viaje —afirmó Tadeo, quien de nueva cuenta pareció ser presa de una revelación que lo llevó a decir:

—Tú eres mi Maestro.

Jesús esbozó una sonrisa. Ser llamado Maestro antes de haber cumplido los 20 años parecía divertirle.

—El viaje tengo que hacerlo solo y aún no ha llegado el tiempo de los apóstoles. Cuando ese tiempo se cumpla tú serás uno de ellos. Has sido el primero en pedirlo y serás el último en llegar a serlo, pero desde ahora recuerda que los últimos serán los primeros. Tu misión resultará en extremo difícil; incluso tu nombre se convertirá en un serio obstáculo. Finalmente, en muy lejanos tiempos y en muy distantes lugares, llegarás a ser reconocido como el gran intercesor ante las causas imposibles.

Nunca salía una palabra de la boca de Jesús que estuviera cargada de banalidad. Tadeo tenía la certeza de que en lo pronunciado por su primo había cifrado un vaticinio de lo porvenir. Sin embargo, no logró descubrir la trascendencia de lo que había escuchado. Se sintió aturdido, elogiado y vulnerable a la vez sin saber plenamente por qué. Desde que supo que Jesús era el Mesías que el pueblo judío esperaba, se sintió privilegiado. No sólo por ser su primo, sino porque además podrían aprender de primera mano todo lo que aquel ser de infinita sabiduría venía a enseñar a este mundo. Sin embargo, lo que había escuchado parecía más una sentencia que una promesa. Las afirmaciones de Jesús resultaron incomprensibles para Judas Tadeo, quien decidió simplemente manifestar la voluntad de ayudar en todo aquello que su primo estimara conveniente.

—¿Hay algo ahora en lo que pueda serte útil? —preguntó.

—Sí. Desde ahora debes saber que todo lo que habré de enseñar se sintetiza en una sola palabra: "amor". Será necesario promover una revolución radical en las conciencias para lograr que el amor sea el principal precepto que dé sustento a la conducta de los hombres. Tú puedes preparar el terreno para la semilla que habrá de sembrarse.

"Hasta hoy, el matrimonio ha sido considerado en nuestra comunidad un negocio que debe ser concertado atendiendo a los beneficios sociales y económicos para las familias. Cuando llegue el momento de casarte, hazlo con una mujer que te ame y a la que en verdad quieras, sin tomar en cuenta nada más."

—Ten la seguridad de que sabré seguir tu consejo —afirmó Tadeo.

La lluvia había disminuido, así que se dispusieron a continuar su marcha de regreso a casa, al norte de aquel valle. Mientras guiaba a los asnos que cargaban la madera, Tadeo caminaba firme con su cetro, cautivado por la impresión de la santidad que veía en Jesús.

La despedida de Jesús estuvo rodeada de nostalgia. María ya sabía que su partida respondía a un llamado celestial, pero la separación de su hijo no dejaba de causarle abatimiento. Siendo casi una adolescente aceptó la misión de formar en este mundo a aquel que redimiría la raza humana, y desde ese momento sabía que el sacrificio de Jesús implicaría sufrimientos ni siquiera imaginados por ella. Pero siempre lo había visto como algo lejano. Disfrutó de la infancia de su hijo y de su entrada a la juventud sintiéndose feliz de ver crecer no sólo su cuerpo sino también su alma; disfrutando de las muestras de inteligencia y evolución espiritual que ningún otro niño o joven tenían. Pero ahora empezaba una parte de la tarea que sabía que sería amarga y que, aun cuando su amor de madre la llevara a intentarlo, no podría evitar.

Ese día se había preparado una abundante comida para la ocasión: cordero, pan de trigo, vino y diversos frutos llenaban la mesa de la familia. Después de elevar plegarias para agradecer los alimentos, la madre de Jesús relató por primera vez varios hechos que nunca había mencionado sobre la infancia de su hijo.

—Escuchen, hermanos, lo que les tengo que contar —dijo con voz suave—:

"Hace tiempo, un ángel reveló a José en sus sueños la intención de Herodes, el tirano, de dar muerte a todos los niños nacidos en Belén en la misma época en que nació Jesús. El ángel le aconsejó huir a Egipto, en donde permanecimos durante algún tiempo, hasta tener noticias de la muerte de Herodes.

"Nuestra estancia en Egipto estuvo llena de prodigios. Ahí, mientras José continuó su oficio de carpintero, enviamos a Jesús con diversos maestros.

"Varios rabinos de la región reconocieron en Jesús a un ser predestinado para realizar una misión superior. Incluso algunos estimaron que ésta podía iniciarse ahí mismo, en Egipto. La inteligencia de Jesús destacaba considerablemente sobre la de los demás. Él ya conocía el alfabeto hebreo entero, mientras otros apenas aprendían la primera letra.

"Labán, uno de los instructores, nos pidió permiso para llevar al niño a unas gigantescas construcciones de forma piramidal. Accedimos a la petición del rabino con la condición de que Jesús no corriera riesgo y que nosotros los pudiéramos acompañar. Realizamos así un recorrido por las imponentes pirámides. Allí, un viejo egipcio contempló maravillado a Jesús, y nos dijo que estaba convencido de que la sola presencia de mi hijo en las construcciones había permitido que recuperasen su verdadero y ancestral carácter sagrado."

Todos los presentes quedaron asombrados por el relato de María e intuían la hondura del alma de Jesús, a quien habían escuchado decir: "En mí ya no habla ni la sangre ni la carne, sino mi Padre que está en los cielos". En aquel momento todos quisieron saber dónde estaba Jesús para estar cerca de él, pero cuando lo buscaron, ya no estaba ahí. Jesús y Judas habían aprovechado que María atraía la atención de todos, para salir sin que nadie lo advirtiera. En silencio caminaron hasta los confines del pueblo intentando no mostrar tristeza ni ninguna otra emoción que pudiera hacer más doloroso el momento. Jesús se detuvo en un punto, haciéndole ver a su primo que hasta ahí llegarían juntos. Se abrazaron, y en Jesús se dibujó una sonrisa que prometía el regreso algún día para dar pie a la misión que le había sido encomendada. Tadeo lo vio alejarse hasta que se perdió en el horizonte. En su interior, Judas se decía: "En mí, Maestro, has encontrado a un hombre valiente para proclamar tu mensaje y tu fe".

5

Tadeo y Martha

Cuando Jesús se marchó, Judas se hizo cargo de la carpintería. Aun así continuaba su labor como dispensador de salud de los animales de granjeros y pastores, en lo que cada vez ganaba mayor prestigio. Podía atender ambas actividades porque en el taller había empezado a trabajar su hermano menor, Santiago, un adolescente muy hábil con las manos que practicaba también la cantería, el labrado de piedra.

Sin embargo, aquéllos no eran tiempos fáciles. Alteo, su padre, estaba perdiendo la vista y prácticamente había dejado de trabajar. Además, el severo régimen tributario de la región había propiciado condiciones de vida muy adversas, y muchos jóvenes habían emigrado a otras tierras en busca de oportunidades. Afortunadamente las necesidades de su familia estaban cubiertas, pero Tadeo y Santiago tenían que realizar un gran esfuerzo a diario. Incluso, una temporada estuvieron en Séforis, una ciudad muy cercana a Nazaret que se distinguía como una importante zona comercial. Ahí hallaron trabajo en la construcción de un templo.

Tras establecerse en el lugar, un día, mientras Tadeo tallaba una puerta y Santiago extraía piedra caliza de la cantera, un extraño mercader los interrumpió y les dijo:

—Los saludo con respeto. Mi nombre es Zefanías. Me han contado que ustedes son de Nazaret.

—Estás en lo cierto —respondió Tadeo con deferencia.

—Entonces deben de conocer a un hombre de esa provincia; se llama Jesús.

—¿Jesús? ¡Por supuesto! Es nuestro primo —repuso Santiago al tiempo que dejaba en el piso la carga que llevaba en los brazos.

—¿Cómo es que sabes de él? —preguntó Tadeo, un tanto escéptico de las palabras de aquel hombre.

—Lo conocí en el puerto de Cesárea, junto con otros viajantes. Entonces le pregunté si le interesaba participar en el comercio de especias. Él me dijo que la intención de su viaje era otra, que no había llegado su tiempo, pero que con él llevaba la buena nueva del Reino de Dios. Los que estaban ahí sólo se rieron, pero créanme, hermanos, que en él pude percibir auténtica santidad. Después se alejó del grupo y me pidió que si alguna vez me cruzaba con alguien de Nazaret le dijera que se encontraba bien.

Tadeo reconoció la experiencia que aquel hombre había tenido frente a su primo. De inmediato tomó su báculo y le explicó los propósitos de Jesús y la naturaleza divina que había en él. Zefanías escuchó con embeleso a Tadeo, y también lo hizo Santiago, quien hasta ese momento descubrió en Jesús a un maestro de sabiduría.

Cuando Judas y Santiago regresaron a Nazaret, todos se regocijaron al saber de Jesús. No obstante, después de Zefanías no volvieron a recibir noticias de su primo durante mucho tiempo. Había varios familiares y vecinos que llegaron a pensar que Jesús había muerto. Con todo, María, Tadeo y Santiago tenían la convicción de que seguía con vida, cruzando tierras ignotas y entregado al cumplimiento de su misión.

Judas Tadeo no estaba casado, lo que representaba el incumplimiento de una arraigada tradición judía de contraer nupcias a temprana edad. Una y otra vez, sus padres intentaron concertar matrimonios que a su juicio resultaban altamente convenientes, pero en todos los casos se toparon con la rigurosa oposición de su hijo, quien se negaba a casarse con una mujer que no lo amara y a la que él no quisiera.

La soltería de Tadeo parecía prolongarse de manera indefinida; sin embargo, las circunstancias cambiaron cuando él y Santiago visitaron el templo de Jerusalén en una peregrinación.

Al llegar al recinto, encontraron en el atrio una escandalosa multitud de comerciantes y cambistas que ofrecían las más variadas mercancías. Santiago se detuvo un momento en un puesto en el que vendían granos secos. Tadeo quería entrar en el majestuoso edificio e intentaba abrirse paso entre la gente, pero en el camino alguien llamó poderosamente su atención. A unos pasos de él vio a una joven atropellada por un hombre que llevaba mercancías al otro lado del templo. La joven luchaba sin éxito por sostenerse entre los empellones de la muchedumbre; Tadeo se acercó para evitar su caída. La tomó del antebrazo y con fuerza la levantó cuando casi se encontraba en el suelo. Dos poderosos soles en los que se mezclaban el amarillo y el verde se clavaron en su rostro. Sorprendido por la belleza de aquella mujer, Tadeo soltó su brazo al sentir que ya se encontraba firme sobre sus piernas. Mientras ella se acomodaba la toca, se reveló ante Judas una joven de mirada profunda y enigmático rostro. Sin caer en ofrecimientos, la joven le regaló una sonrisa franca que encendió cada rincón del alma de Tadeo.

—Gracias por ayudarme. Es la primera vez que vengo al Gran Templo, y me he perdido. Busco el patio en el que se reúnen las mujeres.

—No te preocupes; te ayudaré a llegar. ¿Cuál es tu nombre?

—Martha —dijo la joven sucintamente.

—Yo me llamo Judas, aunque la mayoría de la gente me conoce como Tadeo.

—¿Eres de aquí?

—No; soy de Nazaret. ¿Tú de dónde vienes?

—De Caná. He acompañado a mi padre y a mis hermanos en la peregrinación.

—Conozco Caná, está muy cerca de Nazaret. He visitado el aserradero que ahí tiene el venerable hombre con nombre de profeta, Amós, el viejo.

Ahora era Tadeo quien tropezaba con los transeúntes a causa del embelesamiento que lo embargaba. Intentaba no ser obvio, pero se sentía imposibilitado de quitar la mirada de Martha. Tadeo percibía en ella el resplandor de un espíritu amable y generoso, que le produjo un gran regocijo. Para Martha, el encuentro también había resultado especial; en Judas hallaba una mezcla de franqueza e integridad que le transmitía confianza.

—Amós es mi padre —señaló Martha repentinamente.

—¿En verdad? —dijo Judas asombrado—. Es raro que no te haya visto antes.

—No suelo frecuentar el aserradero, normalmente estoy ayudando a mi madre.

—Por favor, preséntale mis respetos a tu padre Amós.

—Así lo haré. Si en otra ocasión visitas Caná, ten la seguridad de que serás bienvenido en nuestro hogar.

Finalmente llegaron al patio, donde Martha agradeció una vez más su ayuda, y se despidieron afectuosamente. Después de agradecerle su ayuda, Martha dio media vuelta y tomó su camino sin voltear la mirada. Tadeo se quedó estático unos segundos viendo cómo se alejaba, reprimiendo sus impulsos de retenerla con pretextos infructuosos. Ella, por su lado, se ciñó a las costumbres y su dignidad de mujer y se obligó a no buscarlo con la mirada mientras encontraba a sus padres.

Judas regresó al atrio para encontrarse con Santiago. Juntos entraron en el templo, donde había un intenso olor a incienso y cera. Se arrodillaron e inmediatamente Santiago articuló un conocido estribillo: "¡Feliz el hombre que no sigue el consejo de los malvados, ni se detiene en el camino de los pecadores, ni se sienta en la reunión de los impíos, sino que se complace en la ley del Señor y la medita de día y de noche!"

—Santiago, ¿has *meditado* realmente en la ley del Señor, en lo que tus plegarias dicen? —lo interrumpió Judas con arrebato—. Déjame enseñarte a orar como un día me aconsejara nuestro primo Jesús —su mirada se fijó en un punto y el estado de éxtasis que aquellas oraciones le causaban, nuevamente tocó su espíritu.

Los hermanos volvieron a Nazaret. Tadeo se sentía ansioso, pues consideraba que el encuentro con aquella joven y el fuerte estremecimiento que sintió no habían sido casuales. En su corazón sabía que Martha era una mujer con una luz divina.

Presa de una enorme emoción e incertidumbre, después de varios días de considerar el asunto, suplicó a sus padres que fuesen a Caná para presentar al padre de Martha una propuesta de compromiso. Era consciente de que la empresa no sería fácil, porque su padre, quien conocía a Amós, le contó que la familia tenía la intención de pactar un matrimonio con un rico mercader, y difícilmente aceptaría desposar a su hija con un modesto curandero de animales. Sin embargo, Tadeo los convenció y viajó con sus padres a Caná.

Tadeo atendió a los usos y costumbres imperantes, y no los acompañó a presentar la petición, sino que aguardó expectante en una posada. Sus padres no tardaron en regresar, pero portaban malas noticias. Amós les informó que ya había entregado la dote a Menahem, un mercader originario del pueblo de Hattin. Al saberlo, Tadeo se llenó de tristeza, pero había llegado a convencerse de que su unión con Martha estaba predestinada y no deseaba renunciar a ella.

De regreso a casa, Tadeo le contó a su tía María lo sucedido y le confesó sus sentimientos; como era habitual, en ella encontró palabras de consuelo:

—Dios sabe qué es lo mejor para nosotros. Ten paciencia, y después adopta con fidelidad sus decretos —dijo María con afecto y transmitiendo serenidad a Tadeo.

—Paciencia; tienes razón. No creo que mi alma se equivoque. Sólo pido al Señor que me quite esta vacilación respecto a lo que ella siente.

En Caná, cuando Martha se enteró de que los padres de Tadeo habían estado en su casa y de su propósito, se sorprendió, y adivinó que la confianza que había experimentado en el templo ocultaba otro sentimiento que rebasaba cualquier "obligación social". De tal forma, decidió que lo mejor era oponerse a un compromiso con Menahem y seguir su intuición.

Con una firmeza que ni Amós ni su mujer conocían, Martha les hizo saber sus intenciones. Habló con serenidad, sin levantar la voz, mostrando una determinación que no dejaba lugar a imposiciones. Sin mover un solo músculo de su rostro y dejando sentir la fuerza que su corazón le otorgaba, la joven provocó la comprensible reacción en su padre. Amós montó en cólera. No estaba dispuesto a ceder ante tal desatino: antes de tratar de entender cuál era el origen de la indisciplina de su hija, le interesaba que su autoridad no fuera desafiada.

Martha tomó la determinación de no probar alimento, tan sólo agua, hasta que aceptasen un nuevo compromiso con aquel hombre que en realidad la había cautivado. Con osadía, le repetía a su padre: "¿Cómo es posible que te pronuncies a favor de la libertad de nuestro pueblo, contra la dominación romana, y subyugues a tu propia hija a una ley igual de tirana?"

El ayuno de la joven llevaba ya varios días; se le notaba débil pero invulnerable. En consecuencia, Amós pidió a Gamaliel, una autoridad sacerdotal de la región, que hablara con su hija para que desistiera de su rebeldía y acatara los preceptos de la ley judía.

Cuando Gamaliel se presentó en la casa de Amós, pidió hablar a solas con Martha. Al encontrarse con ella, aquel sacerdote esperaba convencer a la joven mediante argumentos que la desarmaran y que la decidieran a obedecer las decisiones de su padre. Sin embargo, Gamaliel se encontró con una muchacha inteligente, que lo iba desarmando con argumentos que resultaban más que convincentes. A cada afirmación que Gamaliel enunciaba, Martha lanzaba una pregunta que cuestionaba toda la estructura del discurso de aquel hombre.

Ante la ferocidad intelectual con que Martha se defendía, Gamaliel percibió que la personalidad dulce y hasta sumisa que la muchacha proyectaba, en realidad ocultaba a una mujer de una inteligencia destacable y de una firmeza de carácter a prueba de cualquier embate social o moral. Más que vencido,

Gamaliel salió de aquella habitación convencido de la decisión tomada por Martha. Después de un tiempo considerable, Gamaliel llamó a Amós y le dijo:

—No me preguntes cómo he llegado a esta resolución. He descubierto que en Martha hay una misión más allá de lo que tú y yo podemos reconocer ahora mismo. He aquí el consejo que te doy: es preferible que tu hija no realice el matrimonio que has pactado con Menahem, a que se muera. Además, te conmino a que seas tú mismo quien comunique a ese Tadeo que tu hija quiere casarse con él.

El sacerdote fue contundente. Amós no lo podía creer, estaba confundido, se sentía humillado. No sólo su jerarquía había sido puesta en entredicho, sino que ahora él mismo tendría que ir, por recomendación del sacerdote, a hablar con Judas Tadeo.

A regañadientes, Amós dispuso un viaje a Nazaret. Cuando llegó al pueblo, su presencia sorprendió a Tadeo quien al verlo se acercó, le dedicó un gesto de reverencia y le ofreció pasar a su casa, sin saber bien qué esperar. Amós accedió, aunque cuando procuraba ser cortés no siempre parecía lograrlo. Tadeo sólo aguardaba con sosiego que le comunicara el motivo de su visita. Por fin, Amós le relató lo que había sucedido con Martha y aquello que le revelara Gamaliel.

Tadeo apenas podía contener su gozo, y sólo acertó a decir:

—Honorable Amós, ten la seguridad de que mi familia será digna de la tuya, y yo seré digno de tu hija.

A pesar de su manifiesta buena intención, Tadeo recibió una respuesta un tanto desairada:

—Ahora bien, exijo una condición: no habrá dote; mi única aportación monetaria será para la boda, que se realizará en Caná —dijo Amós como tratando de compensar la inexplicable pérdida de sus prerrogativas.

Un nuevo mundo bienaventurado y de esperanza se abrió para Tadeo y Martha, quienes fortalecieron plenamente su percepción inicial: cada uno constituía la mitad de una indisoluble unidad, "de manera que ya no eran dos, sino una sola carne".

Pronto se fijó la fecha de la boda. Al anunciar a María la proximidad del festejo, Tadeo expresó un inmenso pesar porque su primo Jesús no estaría en él.

—Mi felicidad sería completa si Jesús estuviera aquí. Nada le daría más gozo a mi alma que su presencia en ese día para atestiguar el cumplimiento de su enseñanza.

En aquel momento, María no dijo nada, pero en su rostro se dibujó una enigmática sonrisa.

6

El retorno de Jesús

La noticia de que Jesús aún estaba con vida antecedió a su regreso. Unos mercaderes provenientes de la región del Éufrates aseguraron haberlo visto por el camino que conducía a Palestina. En Nazaret todos se llenaron de asombro y júbilo. Tadeo estaba desconcertado porque sabía bien que su primo había partido originalmente hacia el oeste. Su viaje debería de haber sido muy largo para que ahora se encontrara en aquellas tierras. Pero eso no fue obstáculo para que desbordara felicidad, ansiaba compartir con Jesús sus experiencias con la "oración consciente", y también hacerlo partícipe de su boda.

Jesús llegó unas semanas después. Su cuerpo se había robustecido, denotaba una musculatura bien desarrollada, y la expresión de serena autoridad que reflejaba su rostro continuaba inalterable. Había partido siendo un joven y regresaba convertido en un hombre.

Parientes, amigos y vecinos organizaron un festejo de bienvenida para el viajero. El lugar se llenó de cantos y regocijo, se sacrificó un carnero y se dispusieron algunos odres de vino. Después de agradecer a Dios los alimentos, todos esperaban que Jesús narrara los avatares de su viaje, pero él simplemente permanecía en silencio, y miraba todo a su alrededor en una profunda contemplación. A repetidas preguntas, especialmente de Tadeo, aquella noche se limitó a decir:

—Maravillosas son las obras del Señor y mi alma lo sabe. He recorrido numerosas y lejanas regiones en las que imperan múltiples costumbres, y en todas ellas he podido constatar que la divina providencia se prodiga sin distinción alguna.

Al día siguiente, Jesús tuvo una larga conversación con su madre y sus primos en la que les reveló el verdadero propósito de su viaje:

—He establecido contacto personal con las tierras santas, lugares de características sagradas. He recorrido una buena parte del mundo, el cual es mucho más extenso y variado de lo que se supone.

"Ha sido un periodo decisivo para difundir un mensaje de igualdad y amor. Emprendí un asombroso viaje por el Mediterráneo y más tarde por Oriente. Al principio, desde Cesárea me dirigí por mar hacia África, y después por el mismo medio fui a la isla de Creta. Luego recorrí los dominios de la gran Atenas. De ahí fui a Siracusa, y llegué hasta la misma Roma; pero más tarde cambié de rumbo, y llegué más allá de los confines de la lejana Persia, donde existen vastas regiones de altas montañas, áridos desiertos y fértiles llanuras en las que habitan incontables pueblos poseedores de elevados conocimientos."

—Pero cuéntanos, ¿cómo lograste, en este tiempo, recorrer todas esas inmensas regiones de las que hablas, atravesando montañas, insondables mares e inhóspitos desiertos? —preguntó Judas con admiración.

—Mi viaje sólo ha sido posible gracias a que mi Padre me proporcionó permanente ayuda y protección —respondió Jesús, y agregó—: Considero que he cumplido ya la primera parte de la misión que he venido a realizar.

Luego, Jesús les explicó que su presencia en lugares santos de gran significación permitiría que estuvieran en posibilidad de aprovechar las influencias celestes que llegarían al mundo como resultado del inicio de un desconocido ciclo espiritual. Ahora faltaba dar cumplimiento a la segunda parte de su misión: la redención de la humanidad y la difusión de una doctrina acorde con los "nuevos tiempos".

Jesús hizo comprender a sus oyentes que la tarea que se había fijado era diferente de la de cualquier profeta y rebasaba por mucho la sola liberación de los israelitas del yugo romano, que era lo que anhelaban del Mesías, cuya pronta aparición todos esperaban. Tadeo creyó ver en ello una causa de futuros problemas para su primo, sobre todo si iniciaba una labor pública.

A los pocos días de su regreso a Nazaret, Jesús acompañó a Tadeo a dar un paseo por los alrededores. Jesús se percató de que Tadeo portaba el báculo que había elaborado para él. De inmediato observó que su primo no lo utilizaba como simple apoyo, sino como un auténtico bastón de mando depositario de una energía poderosa. Tadeo ya no lo manejaba con miedo; por el contrario, tenía un control total sobre el poder de aquel madero. Tal como lo había previsto Jesús, el báculo era una extensión de su propia energía que, en esencia, era lo que todas las religiones y doctrinas conocidas llamaban amor divino. Aquélla era una señal evidente de que Tadeo había practicado de manera sistemática caminatas rituales exactamente como se lo había enseñado.

Jesús elogió a su primo por el manejo del báculo y le repitió aquello que le explicara cuando se lo entregó:

—Este báculo te será de gran utilidad en las largas caminatas que habrás de realizar en un tiempo por venir.

En esa ocasión, Jesús le precisó con mayor detalle cuál sería el propósito de esos recorridos:

—La difusión de la buena nueva se realizará mediante peregrinajes que emprenderán por todos los confines del mundo aquellos que sigan las enseñanzas que muy pronto empezaré a impartir.

"A ti te corresponderá recorrer las más apartadas regiones orientales y tu misión revestirá un carácter muy especial. En esas comarcas existen cultos muy antiguos de una insondable sapiencia; son como grandes y vetustos árboles. Tu tarea será dejar semillas que den origen a otros árboles que tengan la capacidad de poder injertarse con los viejos, revitalizándose, y a la vez nutriéndose con su ancestral sabiduría. Judas, debes creerme, tu contribución es primordial en el proceso de unificación espiritual."

Antes de terminar el paseo, Jesús felicitó a Tadeo por su compromiso. A su juicio, dicha boda constituía justamente un signo de los nuevos tiempos, por ser producto del amor y no de una negociación mercantil.

Al día siguiente, Judas y Jesús salieron de Nazaret con diferentes direcciones. Tadeo se dirigió a Caná para atender los últimos preparativos de su boda. Jesús, tras confirmar que asistiría a la ceremonia, se encaminó a las riveras del río Jordán, en donde su primo Juan impartía el bautismo.

7

El bautismo y la boda

Juan el Bautista era hijo de Zacarías y de Isabel, quien fuera la primera en reconocer el origen divino de Jesús al recibir en su casa la visita de María embarazada y saludarla diciendo: "Bendita tú entre las mujeres y bendito el fruto de tu vientre. ¿De dónde que la madre de mi señor venga a mí?".

Desde pequeño, Juan había ostentado una espiritualidad elevada y un duro carácter. Al llegar la juventud comenzó a predicar a una numerosa concurrencia; les hablaba sobre el arrepentimiento. Sus palabras tenían el propósito de fustigar a los hipócritas y a quienes utilizaban el poder para beneficio personal.

Inició la práctica de bautizar en las aguas del río Jordán a todos aquellos que deseaban purificarse y comenzar una mejor forma de vida. Cuando le preguntaban si él era el Mesías respondía que no y añadía: "Yo los bautizo en agua, pero alguien viene pronto que es más fuerte que yo, a quien no soy digno de soltarle la correa de las sandalias. Él los bautizará en el Espíritu Santo y en Fuego".

Bajo un cielo radiante, Jesús llegó al Jordán. Había una multitud de jóvenes que se presentaban buscando ser bautizados por aquel profeta extrovertido que manifestaba una fuerte presencia pero que siempre hablaba del Mesías que ya se encontraba entre el pueblo de Israel. Jesús observó de lejos al bautista y discretamente se acercó. Cuando lo vio parado a la orilla del río, Juan caminó velozmente sin quitarle los ojos de encima, dando pasos que semejaban saltos y que resultaban más complicados de ejecutar por la corriente que transitaba sin detenerse.

Cuando estuvo cerca de él, Juan se arrodilló rápidamente, agachando la cabeza en señal de respeto. Jesús se apresuró a tomarlo del brazo y lo forzó a ponerse de pie. Entonces saludó con efusividad a su primo Juan y enseguida manifestó su deseo de recibir el bautismo de sus manos. Juan se negó. Aducía que Jesús tenía un poder muy superior al suyo, y que debía ser él quien lo bautizara.

—Soy yo quien necesita ser bautizado por ti, ¿y tú vienes a mí?

Juan estaba extasiado ante la espléndida serenidad y pureza que percibía en Jesús. ¿Cómo podría bautizarlo? Purificar a aquel ser que ya estaba libre de toda mancha, de toda imperfección, era una evidente contradicción, y para superarla era necesario salir del precipicio en el que se había convertido su corazón.

El bautista, empero, hizo pie en el vacío; una violenta revelación lo invadió cuando sus ojos se detuvieron en los del Mesías. En la fuerza de aquella mirada, Juan reconoció que el deseo de Jesús desbordaba toda enseñanza de humildad y compasión que jamás hubiera podido imaginar.

—No te niegues. Deja ahora, porque así conviene que cumplamos toda justicia —fueron las palabras de Jesús.

Juan, sobrecogido, comenzó a sollozar; de su cuerpo entero brotaban lágrimas provocadas por la luz que recibía de Jesús, por la luz que era Jesús.

—Ven conmigo, entremos en el río —dijo Juan con voz trémula.

Entonces condujo del brazo a su primo, y juntos sintieron la tibieza del agua que los comenzó a rodear. Juan, que no podía librarse de intensas palpitaciones, tomó a Jesús de la cabeza y lo sumergió con suavidad.

Miradas atónitas contemplaban maravilladas el cumplimiento de aquel ritual indescifrable. El Hijo de Dios se sometía a las tradiciones de su pueblo y, al mismo tiempo, con ello mostraba la humildad que a ese pueblo le hacía falta para liberarse de un yugo que nada tenía que ver con poderíos militares. Era la rendición del hombre ante el amor de Dios.

Siempre lo hace en los grandes relatos, y en ese acontecimiento no hubo excepción: el tiempo se detuvo. Quienes estaban a distancia alcanzaron a percibir un haz de luz que descendía sobre el bautista y el bautizado, un rayo de luz que simulaba los rayos del sol al atravesar una familia de nubes en el horizonte. Nadie supo bien a bien si aquello era real, pero más de uno estaba convencido de haberlo visto.

Lentamente, la cabeza del Mesías emergió de las aguas del río que no parecían revueltas como ordinariamente se encontraban. De su cabello largo escurrían las gotas sobre su túnica y resbalaban por su rostro marcado por el gozo de la conexión con la energía creadora del Dios único. Fue en ese momento cuando se produjo una ruptura en la percepción ordinaria de todos los presentes, quienes, conmovidos hasta las lágrimas, observaron el revoloteo de una paloma blanca que descendía. El paso de aquella ave duró unos segundos, pero para quienes lo presenciaron parecieron minutos que se alargaban con cada movimiento de unas alas blancas que resplandecían con el sol de aquel cielo libre de nubes. Enseguida escucharon una voz: "Éste es mi hijo muy amado, en quien tengo puestas todas mis complacencias; escúchenlo".

Pasmo y silencio. Callado y viajando al interior de su corazón, Jesús salió del río sin voltear a ver a su alrededor. Regocijo e inmovilidad. Así transcurrieron las horas de aquella jornada.

Al día siguiente del bautismo, Jesús salió a caminar por la ciudad. En su andar se notaba la seguridad de quien se encamina a un puerto seguro. Como un cazador que se mantiene alerta, Jesús buscaba los que serían sus presas. Sólo que aquellas presas no serían sacrificadas, sino que serían los poseedores de su enseñanza cuando él ya no estuviera encarnado. Así, eligió a sus primeros discípulos: Pedro y Andrés, ambos seguidores de Juan el Bautista. A la mañana siguiente escogió a otros dos: Santiago el mayor y Juan, hijos de Zebedeo.

Pedro sería el que habría de manifestar una mayor comprensión de cuál era la verdadera naturaleza de Jesús al decirle: "Tú, Señor, eres el Cristo, el hijo de Dios vivo". Tres días después de su bautizo, Jesús, acompañado de sus cuatro primeros discípulos, se dirigió a Caná para asistir a la boda de su primo, Judas Tadeo.

Finalmente llegó la fecha concertada para la unión de Martha y Tadeo. A la celebración asistiría una gran concurrencia. No sólo familiares de los contrayentes, sino incontables amistades, autoridades religiosas, artesanos, pastores, pescadores. A Tadeo no dejó de sorprenderle que Amós, quien constantemente hacía notar el profundo desagrado que le producía ese matrimonio, no se opusiese al número de invitados; pero muy pronto comprendería el porqué de ese comportamiento paradójico.

Tras el ritual tradicional de boda, el festejo empezó en medio de una alegría generalizada. No obstante, se transformó en desconcierto cuando los comensales se percataron de que se les servía un vino de pésimo sabor y aroma a vinagre, algo inusitado en un acontecimiento de esa categoría. En un santiamén, Tadeo dedujo que aquello era una maniobra preparada por su suegro, para hacer ver a todos que estaba en desacuerdo con el matrimonio que acababa de realizarse. El hecho no se detuvo ahí, pues el vino no sólo era malo sino escaso y estaba a punto

de terminarse. Tadeo observaba impávido el infortu-
nio; su corazón, pese a todo, permanecía tranquilo.

María se dio cuenta de cuán aciaga era esa señal
y, apoyada por la madre de Martha, pidió ayuda a
su hijo. Después les dijo a los sirvientes que acataran
lo que éste ordenara.

Jesús dispuso que se llenaran de agua hasta el
borde seis vasijas grandes de barro. Los sirvientes
siguieron sus indicaciones. Jesús fijó la mirada en
aquellas vasijas y levantó la mano derecha a la altura
de su sien, apuntando con sus dedos hacia las alturas.
Entonces, bajó su dedo meñique hasta que formó un
ángulo recto con la palma, que se encontraba rígida.
El movimiento obligó a sus dedos anular y medio a
flexionarse también, dejando el dedo índice casi en
posición recta. Entonces pasó su extremidad sobre
las vasijas, como sellando el contenido de las mismas.
Pidió a los sirvientes que llevaran una copa tomada
de uno de los recipientes al maestro de ceremonias.

Cuando aquel hombre, vacilante, probó el líquido, quedó profundamente impresionado, y afirmó
que no entendía por qué se había servido primero
un mal vino existiendo otro de tan excelente calidad. Entonces hubo exclamaciones y alborozo.

Amós, al ver lo que sucedía, se sulfuró, y gritó
indignado:

—¡Es un engaño! Eso es imposible.

A lo que Judas repuso:

—Yo tengo fe en lo imposible. Éste es un tiempo para el júbilo —aseguró—. Amós, ¿qué más necesitas para reconocer que entre Martha y yo existe un lazo sagrado?

Después de beber vino, Tadeo extendió una mano hacia el padre de Martha y dijo:

—Toma este vino y estas frutas, distinguido Amós; no dejes que haya más rencor en tu alma.

Amós se sentía abatido, pero al final tuvo la humildad de admitir la legitimidad de las bodas que se realizaron aquel día en Caná:

—En verdad, he sobrepuesto la soberbia al corazón, y ustedes sólo han respondido con indulgencia y piedad. ¡Que Dios me perdone y les dé prosperidad!

El festejo terminó y constituyó el presagio de un matrimonio dichoso.

Las siguientes semanas, Jesús las dedicó a elegir a ocho discípulos más. Entre ellos estaban Santiago y su hermano, Tadeo, que, si bien había sido el primero en externar su deseo de seguir los pasos de su maestro, fue el último en ser llamado.

Después de la boda, Tadeo y Martha decidieron establecerse allí mismo, en Caná. Judas tenía planeado, por invitación de Amós, trabajar en el aserradero y formar una familia. Sin embargo, no tardó en descubrir que su camino tomaría un rumbo diferente.

Una noche, al término de una larga jornada, Tadeo se sumió en un profundo sueño. En él, veía que Jesús hablaba a un pequeño grupo de hombres sentados a su alrededor. Con un gesto fraternal, su primo le pedía que se acercara. Enseguida, las voces de todos resonaban al unísono en una oración. De pronto la plegaria se interrumpía y la devoción se trocaba en inquietud cuando Jesús les revelaba un futuro insospechado:

—Dentro de poco el mundo ya no me verá, pero ustedes sí lo harán. El que tiene mis enseñanzas y las sigue, ése es el que me ama, y el que me ame será amado de mi padre, y yo me manifestaré a él.

Tadeo no alcanzaba a comprender por completo el enigma encerrado en aquella sentencia, y con arrebato le preguntaba:

—¿Por qué hablas como si te despidieras? ¿Por qué nosotros sí te veremos, y no el mundo entero?

La respuesta de Jesús le parecía aún más impenetrable:

—Si alguno me ama, cuidará mi palabra, y mi padre lo amará, y vendremos a él, y haremos morada en él…

Sólo con la vigilia, un poco de sosiego llegó a Tadeo. En las primeras luces de la mañana, Judas le relató a Martha su deslumbrante visión, que él interpretaba como un llamado inaplazable. Repentinamente tuvo la sensación de que debía ir en busca de Jesús.

Entonces determinó que viajaría de inmediato a Nazaret. De voz de Santiago había escuchado la noticia de que por esos días Jesús se encontraba en la misma casa donde compartieran su infancia y juventud.

Tadeo decidió emprender el recorrido a pie. Realizaría una larga caminata que le permitiría contemplar lo que escondía aquel mar agitado en el que su alma se había transformado.

Ese día, la ruta hacia Nazaret se abrió ante él en la forma de un desierto inaudito. Nunca lo había visto así; el camino estaba totalmente vacío, como si alguien se hubiera empeñado en disponerlo de esa manera. Sin saber cuánto tiempo había pasado, se dio cuenta de que en su marcha únicamente lo acompañaba una lluvia pertinaz y páramos grisáceos que se sucedían uno tras otro. Las ráfagas de viento tejían un murmullo ininteligible que lo hacía estremecerse y perder la continuidad de sus pasos.

De súbito, una fuerza se apoderó de él y lo obligó a detenerse.

"¿Acaso es ésta una prueba a la que me somete el silencio de Dios?", exclamaba desde alguna zona recóndita de su corazón.

Se arrodilló y miró hacia el cielo. Mientras el agua caía sobre sus ojos, con las manos abiertas repetía la pregunta.

Nada habría podido ser más prodigioso, y la contestación llegó.

"Es éste el silencio que se diluye con mi palabra, y ésta es la palabra que hace morada en ti, mi discípulo."

Tadeo no era presa de una extraña fantasía. Detrás de él sintió un brazo que lo ayudaba a incorporarse; dio un pequeño giro y a media luz descubrió el rostro de Jesús en su infinita misericordia.

En aquel momento toda habla era innecesaria, y sin embargo, Tadeo fue presa de la debilidad humana de mover los labios ante el misterio tremendo:

—Entonces, Maestro, el tiempo de los apóstoles ha llegado…

8

El mensaje de Jesús

Jesús inició su labor de predicación en la sinagoga de Cafarnaúm, una importante ciudad de la
alta Galilea, ubicada en el camino de Damasco.
En las reuniones que tenían lugar en aquel templo
se acostumbraba leer pasajes de los textos hebreos
sagrados, que luego eran comentados tanto por los
sacerdotes como por los fieles.

Jesús escuchaba todas las opiniones, luego ex-
ternaba la suya, y siempre esclarecía los mensajes
contenidos en las Escrituras, que parecían renovar
su sentido para transmitir una elevada sabiduría.

Jesús repetía a sus discípulos insistentemente que
de ninguna manera pretendía abolir las enseñanzas
recibidas de los profetas. De esta suerte, solía decir:
"No vine para abolir la ley o los profetas: yo no he
venido a *abolir*, sino a dar cumplimiento. Les ase-

guro que no desaparecerá ni una letra ni una coma de la ley". Además, la difusión de su mensaje, que apenas daba inicio, tenía como propósito ampliar esa herencia milenaria y ponerla al alcance de todos los pueblos.

Una vez que dejó asentado su profundo respeto por la sabiduría profética, Jesús cambió la estrecha tribuna de la sinagoga por la predicación a cielo abierto. Recorría los campos, visitaba aldeas, ciudades, y transitaba por los más apartados caminos inspirando una religiosidad humilde y proclamando la venida del "reino de Dios".

Su enseñanza era profunda y asequible al mismo tiempo, de tal manera que lo mismo podía ser objeto de minuciosos análisis eruditos, que comprendida por seres carentes de toda instrucción. Se adecuaba con generosidad a cada persona: con sacerdotes y levitas usaba un vocabulario docto, mientras con mercaderes y campesinos hablaba en un lenguaje sencillo.

Desde siempre, la validez de su mensaje fue intemporal y no una simple doctrina pasajera, pues estaba basado en un conocimiento integral de la naturaleza humana y de su íntima conexión con lo sagrado. Lo que permitía esa fusión entre lo humano y lo divino, era una revaloración del amor entendido no como mera pasión, ni tampoco como un sentimiento que se limita a la pareja, hijos, familiares y amigos, sino como una permanente unión con todo lo existente, como la principal motivación de toda acción, como la única fuerza capaz de permitir la trascendencia de la materia y el predominio del espíritu. Amor a Dios sobre todas las cosas. Amar a los demás como a uno mismo. Amor que hiciera inexistente el odio. Amor que perdonara toda ofensa. Amor que se asemejara en alguna medida al amor divino, fuerza creadora y sustentadora del universo.

En la vida pública de Jesús había no sólo palabras de gran poder, sino también milagros. La conversión del agua en vino fue tan sólo el primero de una larga serie de hechos prodigiosos realizados ante incontables testigos. "Jesús recorría toda Galilea proclamando la buena nueva y curando todas las enfermedades y dolencias de la gente. Su fama se extendía y le llevaban a todos los enfermos, afligidos por diversas enfermedades y sufrimientos: endemoniados, epilépticos y paralíticos, y él los curaba."

El nazareno era escuchado por multitudes cada vez mayores que se agrupaban dondequiera que fuera. Esto generó primero la suspicacia y luego la animadversión de los dirigentes de las estructuras políticas y religiosas, quienes terminaron por considerar que aquel hombre sublevado contra el orden constituía una seria amenaza a sus intereses.

Una mañana, Jesús viajó junto con sus discípulos a la ciudad de Tariqueas, cerca del lago de Galilea.

—Éste será un día muy importante —confió Jesús a Tadeo, quien siempre se mantenía muy cercano a su primo—. Dios se ha hecho presente en mí para renovar todas las cosas. Y es tiempo de anunciar cuál debe ser el comportamiento de los que quieren entrar en su reino.

—Créeme, Jesús, que ese mensaje es el que hoy claman los reunidos al pie de este monte. Y sin temor a equivocarme, intuyo que uno de los fundamentos de dicho comportamiento es la oración consciente —señaló Tadeo con reverencia.

—Dices bien, primo; sólo la transformación de la conciencia podrá permitirnos participar del reino —asintió Jesús con una sonrisa—. Por favor, guía a todos con tu báculo hacia donde se encuentra esa enorme piedra lisa; si te parece, nos reuniremos todos allá.

Entonces Tadeo guió a todos los asistentes al lugar indicado. Las personas se desplazaban con júbilo y veneración; percibían que Jesús representaba la propia esencia divina en forma humana.

Enseguida todos se congregaron alrededor de Jesús, quien les dijo:

—Ustedes son la luz del mundo. Y no se enciende una lámpara para meterla debajo de un cajón; se pone sobre el candelero para que ilumine a todos los que están en la casa. Así debe brillar ante los ojos de los hombres la luz que hay en ustedes, con el fin de que ellos vean sus buenas obras y glorifiquen al Padre que está en el cielo.

"Profunda es la ignorancia del hombre que no ha visto a Dios en su gloria. Y para poder superar esa tremenda omisión es necesario, hermanos, aprender a orar de manera consciente, avivar la fuerza interior del espíritu.

"Cuando oren, no hagan como los hipócritas: a ellos les gusta orar de pie en los templos y en las esquinas de las calles, para ser vistos. Ustedes, en cambio, cuando oren, vayan a su habitación, cierren la puerta y oren a su Padre que está en lo secreto.

"Cuando oren, no hablen mucho. No por mucho hablar serán escuchados.

"Este hombre que está a mi lado es mi primo y uno de mis discípulos; su nombre es Judas Tadeo, el Magnánimo. Hace muchos años le enseñé una oración y lo que significaba realizarla de manera consciente.

"¿Recuerdas aquellas palabras? —preguntó Jesús a Tadeo, invitándolo a compartirlas."

Tadeo, quien nunca desde aquel día en que recibió el báculo había dejado de pronunciarlas en su corazón, tuvo una experiencia de arrobo, y gozoso comenzó a decir al mismo tiempo que Jesús:

—Padre nuestro, que estás en el cielo, santificado sea tu nombre…

9

Mujeres

La participación de Judas Tadeo como apóstol de Jesús revistió, desde el primer momento, singulares características. A diferencia de los otros discípulos elegidos, Tadeo siempre seguía al grupo al lado de su esposa, lo cual constituía una ruptura con la costumbre social imperante, según la cual las mujeres no debían participar activamente en sucesos de índole religiosa, sino permanecer pasivas y atrás de las filas de los varones. Martha, por el contrario, no sólo se mantenía firmemente junto a su marido, sino que incluso comenzó a intervenir expresando su opinión en las deliberaciones sobre las Escrituras.

Como era de esperarse, diversas voces escandalizadas expresaron a Jesús inconformidad por la conducta de Tadeo y Martha, quienes, otra vez, transgredían las más enraizadas tradiciones; no obstante, lo hacían invariablemente en nombre de una transformación interior y del desenvolvimiento de una nueva conciencia.

Para sorpresa de todos, Jesús manifestó estar completamente a favor de que en las reuniones y ceremonias participaran hombres y mujeres, y que ellas tuviesen el mismo derecho al uso de la palabra que los hombres. Y como resultado de la difusión de ese mensaje se incrementó sustancialmente el número de mujeres en las prédicas de Jesús. A pesar de las posiciones en contra, la presencia femenina enriquecía aquellas disertaciones cuando alguna de ellas señalaba algún punto que, para la reducida visión masculina, pasaba inadvertido y poseía un significado trascendente.

Un suceso inesperado confirmaría que los preceptos de Jesús implicaban una reformulación radical de las normas de conducta, en las cuales el perdón debía ocupar un sitio fundamental.

En cierta ocasión en que Jesús estaba por terminar una de sus enseñanzas cotidianas, llegó un grupo de personas encabezado por algunos escribas y fariseos que llevaban consigo a una mujer sorprendida en adulterio, que era considerado —en el caso de las mujeres— un delito que debía ser castigado con pena de muerte, impartida públicamente mediante pedradas que podían ser arrojadas por cuantos así lo desearan.

Sabedores de la igualdad de trato que Jesús daba a las mujeres y con el propósito de ponerlo a prueba, unos hombres le preguntaron si a su juicio había que cumplir con la ley que determinaba dar muerte a esa mujer. Joven y de una belleza enigmática, la mujer en cuestión mostraba señales de maltrato: tierra en varias partes de su cuerpo, el cabello enmarañado y raspones en varias de sus articulaciones a causa de los empujones que le habían propinado quienes la juzgaban.

Cuando lo interrogaron, la mujer, que se encontraba boca abajo en el suelo, levantó la vista llena de temor para mirar a aquel hombre de quien se decía era el ejemplo más claro de misericordia. Jesús cruzó una mirada rápida con ella, reflejando una dulzura que le inyectó confianza y sosiego en un momento que le resultaba crucial.

Jesús no contestó directamente la pregunta. En silencio la dejó desprotegida, poniéndola a merced de quienes buscaban darle castigo. Cuando aquella muchedumbre se disponía a iniciar la lapidación, Jesús habló con recia voz:

—El que esté libre de culpa, que arroje la primera piedra.

Jesús empleó un acento de inapelable autoridad que obligó a todos los presentes a realizar seriamente un examen de conciencia, el cual exhibía sus propias faltas no frente a los demás, sino ante su propia conciencia, lo que resultaba aún más severo. Nadie arrojó esa primera piedra, y en medio de un completo silencio, todos abandonaron el lugar, uno tras otro.

Pedro, Santiago, Tadeo y Martha acompañaban a Jesús, y cuando la multitud finalmente se dispersó, se quedaron solos con aquella mujer. Todos observaban sorprendidos lo que acababa de suceder.

—Jesús, nuevamente has evitado una desgracia —dijo Martha con admiración—. Verdad dices cuando nos exhortas a la compasión, el perdón y la oración por los que nos persiguen.

—Sólo así tendremos lo único que hace falta: la paz del alma —agregó Tadeo.

Jesús volteó a ver a la juzgada. Estaba hincada e intentaba ponerse de pie, al tiempo que respiraba agitadamente y las lágrimas le brotaban a borbotones, aunque no emitía ningún quejido.

—Mujer, ¿dónde están tus acusadores? —preguntó Jesús mientras tomaba del hombro a la joven que había liberado de la ignominia—. ¿Nadie te ha condenado?

Ella sólo respondió:

—Nadie, Señor.

—Nosotros tampoco te condenamos —le dijo Jesús—. Vete; no peques más en adelante.

Ciertamente, aquella mujer había decidido no pecar más. Pero la experiencia que había vivido transformó radicalmente la visión frívola y promiscua que tenía de la vida. María Magdalena —ése era su nombre— sabía que, en adelante, no podría ser la misma. Y cuando se negaba a ser la misma no se refería a la práctica del adulterio y la prostitución. Se refería al sentido que daba a su propia existencia. Se sabía indigna de estar siquiera a unos metros de aquel profeta que arrastraba multitudes para escucharlo. Pero estaba decidida a acompañarlo fiel y devotamente. Aprendería de lo escuchado e iniciaría su práctica silenciosa y austeramente.

En diversos momentos de su predicación, Jesús notó la presencia de la mujer. Cuando la miraba, ella bajaba la vista e intentaba fingir no enterarse de que el Mesías reparaba en ella. Un día Jesús la llamó y, paulatinamente, la fue involucrando en las actividades que realizaban él y los apóstoles. Este hecho representó la ruptura de la forma tradicional del trato hacia la mujer que Jesús practicaba. Ante la extrañeza y cierta oposición de varios de sus discípulos, Jesús admitió que María Magdalena se uniera a su círculo íntimo.

La afable actitud de Jesús hacia María Magdalena no dejó de provocar maledicencias del todo infundadas, pues al igual que con todas las mujeres, Jesús siempre mantuvo hacia ella un trato de profundo afecto y respeto, sin pretender nunca iniciar otra relación que no fuese la de maestro y devota.

En cierta ocasión, poco tiempo después de que Jesús decretara que sería Pedro la piedra sobre la cual edificaría su iglesia, al dialogar con Judas Tadeo a orillas del lago Tiberiades, Tadeo le preguntó a Jesús cuál debía ser el papel que dentro de dicha *iglesia* correspondería a las mujeres.

—¿Podrán cumplir con funciones sacerdotales semejantes a las de los hombres? —interrogó Tadeo como si consultara un oráculo.

A lo que Jesús respondió:

—No existe razón que impida el ejercicio sacerdotal de las mujeres, pero llevará algún tiempo, el necesario para superar los prejuicios y la estrechez...

—Estrechez es el término adecuado —repuso Tadeo—. La otra tarde escuché a un levita que se quejaba del lugar que ocupaban las mujeres en nuestro grupo, aduciendo erradamente que ellas pueden llegar a tener "un efecto perturbador sobre la vida religiosa". ¿Qué hacer, Señor?

—Debe ser nuestra labor promover la igualdad verdadera de cada uno como "hijo de Dios" —dijo Jesús con fuerza, y después pronunció una enigmática profecía—: Judas Tadeo, tú y Martha serán los encargados de recuperar para las mujeres sus antiguas y olvidadas funciones de sacerdotisas; pero esa misión no la llevarán a cabo desde este mundo, sino desde una morada celestial.

10

Muerte y resurrección

Los enemigos de Jesús tenían sobrados motivos para serlo. Escribas y fariseos eran unos hipócritas que ocultaban su soberbia y egoísmo bajo una falsa apariencia de virtud y respeto a la letra de la ley. Los dirigentes sacerdotales habían convertido la religión en un productivo negocio. Un ilimitado afán de lucro era el móvil de conducta de quienes monopolizaban la riqueza. El "sanedrín" era el organismo cúpula que aglutinaba a esos grupos, y Jesús los había fustigado a todos ellos en sus prédicas.

Judas Tadeo fue el primero de los discípulos en percatarse de que la popularidad de Jesús estaba generando una creciente reacción en su contra, proveniente de los círculos más conservadores de la sociedad, los cuales proyectaban la forma de acabar con él. Así se lo hizo saber a su primo, pero él le respondió que ya todo estaba escrito, que había venido a cumplir la voluntad de su Padre y que nada lo detendría para dejar de hacerlo, ni la muerte.

Por esos días se aproximaba la fiesta de la Pascua, en la que se conmemoraba el fin de la esclavitud del pueblo de Israel en Egipto. Jesús determinó celebrarla en Jerusalén. Era tal la notoriedad que había adquirido, que su recepción en la ciudad fue triunfal, y el pueblo se aglomeró a su paso rindiéndole toda clase de honores.

Atendiendo las indicaciones de Jesús, Tadeo, en compañía de otro discípulo, buscó la casa en donde habría de realizarse la cena pascual ordenada por su maestro.

Aquella tarde habría de ser particularmente reveladora.

Los 12, junto con Martha y María Magdalena, acudieron con Jesús a una habitación en cuyo centro se hallaba una mesa dispuesta con pan, vino y un cordero que se había sacrificado la noche anterior. Antes de comenzar la festividad, Jesús les brindó una imperecedera lección de humildad, pues lavó y secó los pies de los asistentes, incluidas María Magdalena y Martha, dando un ejemplo de que quien ejerce la autoridad debe estar al servicio de los que no la poseen. Al concluir, Jesús se dispuso a iniciar la cena junto a sus seguidores.

Mientras comían, Jesús tomó el pan, lo bendijo y lo partió diciendo: "Tomen y coman, que esto es mi cuerpo". Después de los alimentos, Jesús siguió la usanza judía y, para dar gracias, dijo:

—Amo al Señor, porque él escucha el clamor de mi súplica, porque inclina su oído hacia mí, cuando yo lo invoco.

Levantando con ambas manos la copa en la que había vertido el vino y mirando hacia las alturas, continuó:

—Alzaré la copa de la salvación e invocaré el nombre del Señor. Cumpliré mis votos al Señor, en presencia de todo su pueblo.

Cuando Jesús terminó de pronunciar la plegaria, inundó el recinto un profundo silencio, que él mismo rompería al ofrecer la copa de vino y pedirles a todos que bebieran de ella:

—Ésta es mi sangre, sangre de la alianza nueva y eterna. Hagan esto en conmemoración mía.

De esta manera Jesús instituía el símbolo de la eucaristía, que permitiría mantener en lo futuro un contacto no sólo con su espíritu, sino con su cuerpo y su sangre.

Con todo, el júbilo y la solemnidad entreverados entre los comensales mientras bebían el vino se convirtió en angustia cuando Jesús aseveró:

—Hermanos, les aseguro que uno de ustedes me traicionará y me entregará.

Los discípulos sabían que en todo lo que Jesús decía se hallaba la verdad. Entonces, angustiados, empezaron a preguntar al unísono y de manera estridente: ¿Seré yo, Señor? Todos balbuceaban monótonamente la misma duda, con excepción de Tadeo, quien se sentía turbado y lastimado en lo más hondo, y pensaba para sus adentros: "No debería importarles tanto quién, sino por qué".

"¿Por qué?", la aterradora pregunta trastornaba el alma de Tadeo…

"¿Por qué? ¿Por qué Iscariote? ¿Acaso tendrá relación con la 'traición como prueba de amor' sobre la que alguna vez conversara con Jesús? ¿Por qué el misterio indescifrable?". Así meditaba Tadeo, con los ojos fuertemente cerrados, como lo hiciera en aquella última cena, cuando súbitamente el frenético llanto de una mujer lo despertó de su letargo contemplativo. Era María, su venerada tía, quien lloraba sin consuelo. En su memoria intentaba reconstruir el laberíntico camino que lo había llevado hasta ese momento en el que amargamente se descubrió presenciando la crucifixión atroz de su primo. No lograba hacerse de una visión clara; sólo había espectros de calumnias, insultos, vejaciones, azotes. Y ahora, sólo dolor. A su lado estaban Martha, María Cleofás, María Magdalena y Juan. Todos vivían un duelo infinito, pero al mismo tiempo estaban convencidos de que la muerte de Jesús significaba la prueba más poderosa de su enseñanza y de que era parte de un sacrificio por la humanidad, acto que él mismo necesitaba para cumplir su misión.

Antes de quedarse sin aire, Jesús logró murmurar: "Todo está consumado. Padre, en tus manos entrego mi espíritu".

Enseguida el sol se oscureció y la tierra tembló. En una cruz en lo alto del Gólgota, lugar de la Calavera, Jesús había muerto.

María expresaba en su rostro todo el dolor que una madre puede sentir al ser testigo de la tortura y la muerte de su hijo. Martha y María Magdalena se encontraban ensimismadas; estaban tan fuera de sí a causa del horror de lo vivido, que las lágrimas no lograban ser expulsadas de sus ojos. Se veían avejentadas, en un estado de trance que las ponía al borde del desequilibrio mental. Tadeo observaba con desgarramiento la escena y clamaba al cuerpo que colgaba exánime de la cruz: "¡Tu palabra vivirá, Maestro! ¡Nosotros la perpetuaremos con fe, valentía y coraje!"

José, un hombre rico de Arimatea, discípulo de Jesús que poseía un sepulcro nuevo no muy lejos del lugar donde se había efectuado la crucifixión, acudió ante Poncio Pilato, el prefecto de Judea, para tramitar el permiso de llevar el cadáver a dicho sitio.

Más tarde los tres hombres, José, Juan y Tadeo, bajaron a Jesús de la cruz. También llegó Nicodemo, otro seguidor de Jesús, trayendo mirra y aloe. Las mujeres ungieron el cuerpo, lo envolvieron en una sábana y entre todos lo llevaron a depositar en el sepulcro. Ante la tumba cavada en la roca permanecieron únicamente Tadeo y Martha; los demás se fueron.

Era ya bien entrada la noche cuando llegó al lugar una pequeña guarnición de legionarios romanos, comandada por el mismo centurión que había estado a cargo de la vigilancia del orden durante la crucifixión. Su presencia obedecía a una solicitud hecha ante Pilato por los fariseos y sacerdotes que acusaron a Jesús, quienes —temerosos de que los discípulos extrajeran su cuerpo y lo ocultaran para hacer creer al pueblo que había resucitado tal y como él lo anticipara— habían pedido a la autoridad romana que se sellara y custodiara la tumba.

El centurión se encontraba profundamente impresionado por los fenómenos ocurridos al momento de la muerte del nazareno, y cuando sobrevino el temblor llegó a convencerse de que en verdad se encontraba frente al "hijo de Dios". En el sepulcro habló durante largo rato con Tadeo, y se mostró sinceramente interesado en conocer las enseñanzas de Jesús. Tadeo supo con certeza que en la conciencia de aquel hombre se había producido una transformación radical y positiva.

Así, Tadeo y Martha consideraron que la tumba quedaría a buen resguardo bajo la custodia de aquel centurión y se retiraron, pues estaba por llegar el "sabbat", día en que, de acuerdo con la ley judía, no debía realizarse actividad alguna.

Después del sábado, al amanecer, María Magdalena y María Cleofás se dirigieron con abatimiento a visitar el sepulcro. De pronto se produjo un gran temblor: una fuerza celestial en la forma de un deslumbrante relámpago hizo deslizarse la piedra del sepulcro. Al ver eso, los custodios romanos se estremecieron y algunos estuvieron a punto de desfallecer. Entonces una voz etérea dijo a las mujeres: "No teman. Yo sé que ustedes buscan a Jesús, pero ¿por qué buscan entre los muertos al que vive? No está aquí: ya ha resucitado. Vayan enseguida a comunicar a sus discípulos el milagro y que Jesús irá a Galilea: allá lo verán". Las mujeres, atemorizadas pero llenas de alegría, se alejaron rápidamente del sepulcro y corrieron a dar la noticia a los discípulos.

Al conocer la buena nueva, los apóstoles elevaron plegarias de agradecimiento a Dios y lloraron de alegría. Todos se reunieron en Galilea, al pie de una montaña cerca del gran lago, donde Jesús los había convocado a través de María Magdalena y la madre de Tadeo.

Ante la incredulidad de algunos, el cielo ensombrecido se iluminó y Jesús se reveló; todos se postraron ante él absortos en un sentimiento de divinidad.

Acercándose, el maestro les dijo con suave voz:

—Yo he recibido todo poder en el cielo y la tierra. Vayan, entonces, y hagan que todos los pueblos sean mis discípulos, que todos conozcan mis enseñanzas. Yo estoy con ustedes hasta el fin del mundo.

Jesús les transmitió un sentimiento de profunda paz y seguridad que jamás los abandonaría.

En aquel momento, Judas Tadeo proclamó:

—Hermanos, se nos ha dado la gracia de ser los *apóstoles* del Señor Nuestro Dios. ¡Seamos valerosos para difundir su mensaje!

Se había iniciado un nuevo ciclo en la historia de la humanidad.

11

Bajo la sombra del árbol del bien y del mal

Jesús permaneció 33 años en la faz de la Tierra, aunque únicamente tres los dedicó a la prédica pública. Eso bastó para que en la historia de la humanidad se marcara un claro parteaguas: el cómputo del tiempo quedó dividido en un antes y un después de su existencia.

El Maestro encomendó a sus discípulos más cercanos la misión de difundir su mensaje por el mundo entero. Aquello parecía a primera vista algo imposible de realizar, ya que muchos eran hombres de origen modesto e instrucción limitada, carentes de recursos económicos y con escasa influencia en los sectores religiosos y sociales de la región. Tras la muerte de Jesús, empero, los apóstoles recibieron el poder del Espíritu Santo, y con ello la facultad de entender y hablar cualquier lengua, lo que propició las condiciones necesarias para que pudieran emprender su cometido.

Después de establecer sus trayectos y determinar las diferentes comarcas donde habrían de concentrar su acción, los apóstoles se marcharon de Israel. Los últimos en hacerlo fueron Tomás y Judas Tadeo, cuyas misiones eran aún más difíciles que las de los otros, pues mientras éstos se movilizarían por los bien trazados y vigilados caminos romanos, ellos habrían de hacerlo por territorios muy lejanos.

Siguiendo una ruta que quizás hubiera sido trazada por Jesús durante un periodo oculto de su vida, Tomás llegó primero hasta Finis Terrae, en el extremo de Iberia; luego desapareció, y de alguna manera indudablemente milagrosa llegó hasta las tierras de Amerrikúa, el continente cuyas montañas constituyen la columna vertebral del planeta. Ahí transmitió el mensaje del que era portador a los dignatarios de las elevadas culturas que en esos tiempos florecían en la zona.

Por su parte, acompañado por su esposa Martha, Judas Tadeo emprendió el camino del este, en dirección hacia el sol naciente. En su pecho lucía un gran medallón de cobre en el cual estaba grabada la imagen del rostro de Jesús. El medallón mostraba el rostro del Maestro de perfil, mirando hacia el lado derecho del portador. Por su dimensión, cubría prácticamente todo el pecho de Judas, quien lo portaba con orgullo, enviando con ello una señal de fidelidad a la palabra de Jesús. Era una hermosa obra de orfebrería elaborada por Pedro, quien se la entregó a Tadeo y lo exhortó a usarla siempre como un símbolo de fuerza y un recordatorio del legado de Jesús.

Tadeo y Martha se unieron a una gran caravana de comerciantes, con la cual atravesaron Siria, y llegaron hasta las orillas del Éufrates, río que con el Tigris enmarca la antigua región de Mesopotamia, espacio sagrado en el que la tradición señala que existió *in illo tempore* el paraíso terrenal y por tanto el lugar en el que habría sido creada la raza humana. A lo largo de los siglos una larga cadena de civilizaciones y poderosos reinos habían surgido, se habían desarrollado y extinguido en esos confines.

Cuando llegaron a Mesopotamia, ésta no atravesaba por una época de esplendor, y políticamente estaba dividida en pequeños territorios que libraban continuas guerras y se resistían tenazmente al yugo romano. Éste era el caso de Edesa, capital del reino de Osroene, adonde la pareja apostólica decidió asentarse por invitación de una familia de mercaderes que habían conocido en Canata, ciudad en la que habían comenzado la extraordinaria travesía.

Tadeo y Martha establecieron relación con importantes representantes de la clase religiosa mesopotámica. Conducidos por Kusro, un sabio anciano que los recibió con generosidad, recorrieron con inmensa emoción diferentes lugares en los que de acuerdo con las historias orales se hallaban las propias raíces del pueblo judío. Abraham, considerado el padre de los hebreos, y su familia, habrían viajado a Canaán desde Ur, cerca del valle del Éufrates. Conocieron además una amplia extensión en la que estaban a la vista las ruinas de la ciudad de Babilonia, metrópoli que más que ninguna otra había quedado grabada con asombro y fervor en la memoria colectiva de los israelitas. Pero el lugar que causó mayor impresión en Tadeo y Martha fue Eridu, situado en la baja Mesopotamia y considerado, en tiempos muy anteriores a los de Babilonia, la ciudad santa por excelencia. Eridu había tenido su esplendor miles de años antes de la llegada de Tadeo y Martha, quienes pudieron ver con tristeza que de aquellos templos que la habían convertido en el centro religioso de la región, sólo quedaban ruinas que denotaban abandono e indiferencia.

Ahí Kusro les mostró, en medio de un terreno de nutrido follaje, una majestuosa palma de dátiles a la que llamó la representación del "cosmos vivo", pues se aseguraba que desde hacía cientos de años se había regenerado sin cesar.

—En Eridu hay una gran devoción por este magnífico ser —dijo Kusro—; los habitantes lo consideran el centro del mundo.

Tadeo estaba admirado ante la revelación del poder de aquel árbol. Sabía que en él había fuerzas que manifestaban una realidad espiritual, y que eran las mismas con las que entraba en contacto gracias a su báculo sacro y a la oración consciente. Tadeo percibió en aquel ente la sabiduría que le habían dado el paso de los siglos y el contacto con la energía primaria de la creación. No pudo dejar de pensar en que toda creación del Dios Supremo guardaba enseñanzas, y que en ese árbol estaban quizás algunas de las más básicas. De forma inevitable vino a su mente aquel ser de origen vegetal que las antiguas escrituras describían como el árbol del bien y del mal.

—Te agradecemos, Kusro, por habernos guiado hasta aquí y por haberns presentado ante la divinidad de este árbol, reflejo de todos los frutos buenos de este pueblo —observó Tadeo.

El trío acampó en las cercanías del lugar en una pequeña barraca y permaneció orando durante varios días bajo la sombra del árbol. Tadeo y Martha vieron en ello la oportunidad de ejercer la oración consciente que Jesús les había enseñado, cobijados por el manto de un ser que, sin duda, habitaba en aquel tronco y aquellas hojas que daban una sombra reconfortante en medio del calor inclemente de la región.

Pero no sólo hubo oraciones; también entablaron un próspero diálogo.

Con el espíritu lleno de armonía, Martha y Tadeo entraron en contacto con el núcleo mismo de los fundamentos de la tradición religiosa de Mesopotamia. La teogonía de los sumerios, caldeos y asirios, les explicaba Kusro, estaba basada en un elevado conocimiento del movimiento de las constelaciones y de los efectos que ejercía el cosmos en todo lo existente en el mundo, incluyendo los seres humanos. La pareja reconoció que esa sabiduría constituía un valioso medio para lograr una mejor comprensión de sí mismos y de la persistente influencia de los astros, sin que admitir esta última implicara una pérdida de libertad, o la justificación de una conducta irresponsable.

Kusro era un experto conocedor de los libros sagrados tanto de su tradición como de la judía.

Y de acuerdo con los relatos que le hicieran de Jesús, el sabio anciano no dudó de que estaba frente a los discípulos de aquel iluminado descendiente de David y anunciado por las profecías inmemoriales.

El sabio estaba al tanto de que la cosmovisión comprendida en los libros sagrados hebreos contenía muchos pasajes que concordaban con los más antiguos textos sumerios. A su juicio, lo expuesto en ambos no era una mera colección de fábulas, sino la expresión de insondables verdades, y para aprehenderlas se requería una interpretación adecuada. Así, por ejemplo, el célebre episodio en el árbol del bien y del mal era una explicación simbólica de que en un determinado momento del proceso de evolución de todo lo existente, la conciencia humana, representada por Adán y Eva, había recibido de Dios el don de la elección, pero había cometido un "error" en el ejercicio de su libertad.

Tadeo y Martha siempre tenían presentes los preceptos de su Maestro sobre la forma de realizar su peregrinaje. Se trataba de diseminar la buena nueva sin pretender la abolición de las religiones imperantes en aquellas lejanas regiones que habrían de recorrer. De esta forma, celebraron con sinceridad la interpretación de Kusro, y agregaron que la misión de Jesús había consistido en redimir a la humanidad justamente de las consecuencias de ese "error" y establecer un modelo de acción basado en el amor y el perdón.

El sabio los escuchaba con recogimiento y aseveraba que sus palabras eran fulgores que le revelaban que ese amor podía nacer solamente en nuestro interior, donde se encuentra la simiente de lo divino.

Cierta noche, Judas tuvo una iluminación durante una oración. Mientras rememoraba las enseñanzas de Jesús sobre las rutas sagradas, observó que su caminar encarnaba el trazo de una de esas vías. En realidad, los lugares a los que viajaría con Martha no eran escogidos por ellos, sino simplemente descubiertos.

Su alma sabía que su estancia en aquella tierra le había permitido no sólo compenetrarse con la tradición espiritual, sino dejar sembrada la semilla del mensaje de Jesús en Kusro, uno de sus más notables representantes religiosos.

Entonces decidió continuar la travesía hacia el oriente.

12

Persia

Utilizando siempre al caminar el báculo que Jesús tallara expresamente para él, Tadeo, en compañía de Martha, reinició su marcha desde un sitio cercano a aquel en que algún tiempo estuvo asentada la ciudad de Nínive. Kusro les había indicado que ahí podrían unirse a la ruta de alguna otra caravana, y así lo hicieron. Los viajeros atravesaron las llanuras de Atropatene y de Shahrizub, cruzaron montañas y desfiladeros, y así llegaron hasta Persia.

Aquella región era el asiento de una cultura que, sin poseer la antigüedad de las surgidas en Mesopotamia y Egipto, había alcanzado grandes logros y una considerable expansión. Ciro II, el fundador de la dinastía de los Aqueménidas, dio inicio a la creación del Imperio persa, que sus herederos engrandecerían hasta convertirlo en el más poderoso, siglos antes del romano. Para destruir a esa potencia y acabar con la hegemonía persa había sido necesaria la intervención de un personaje excepcional y casi mítico: Alejandro Magno.

Cuando Tadeo y Martha alcanzaron Persia, ésta ya no poseía un poderío militar y político, pero preservaba muchos elementos de la cultura milenaria que le confería identidad, como su lengua y su religión. Sus grandes templos, esculpidos muchos en las mismas rocas que la orografía de la región presentaba, se levantaban soberbios, proyectando la majestuosidad que la ciudad había tenido en su momento de mayor importancia.

El mazdeísmo, la religión de los persas, estaba definido por un dualismo fundamental. En su cosmogonía —aprendió la pareja apostólica—, Ahura Mazda, el espíritu del bien, libra una incesante lucha con Ahrimán, el espíritu del mal. En ese combate participa el universo entero y el más importante campo de batalla es el existente en la conciencia de los seres humanos. Ésa era la doctrina de Zaratustra, profeta y fundador, que había moldeado el alma de los persas al dotarlos de una elevada escala de valores y normas de conducta que propiciaban una rigurosa disciplina y autodominio.

Cuando se separaron del grupo con el que habían viajado, Tadeo y Martha cruzaron una extensa región desértica y descubrieron, cerca de la inmortal Persépolis, en una ciudad llamada Shiraz, un fastuoso templo con dos grandes puertas que tenían grabada en la parte superior una bella figura circular con alas y que, como después se enterarían, era la representación de un espíritu protector.

Un hombre que parecía ser un guardián se acercó a la pareja para averiguar por qué estaban ahí. Ellos le comunicaron su interés por visitar el templo y presentar sus respetos a quien fuera el dirigente de aquel santuario. Sin tener grandes esperanzas de lograrlo, obtuvieron una audiencia en la que conocieron a Narsés, un sacerdote que los recibió con afecto y cordialidad.

Cuando entraron en el templo Tadeo se asombró por los grandes muros de piedra y las esplendorosas cúpulas de madera de la construcción. En cambio, Martha quedó embelesada por un altar que se hallaba en el centro del recinto. Se trataba de un cadozo lleno de aceites del que nacían delicadas llamas. Sin que las palabras fueran necesarias, Martha tuvo una revelación primordial e intuyó que la espiritualidad de aquel pueblo se basaba en una sutil y honda comprensión de la naturaleza del fuego.

Martha percibió en aquel fuego la esencia de la vida y la correspondencia que sentía con él.

Mientras Martha permanecía absorta en su contemplación, Narsés condujo a Tadeo cerca del recipiente y le explicó que aquel fuego era símbolo de lo eterno y lo sagrado.

—El fuego es la representación tangible de Ahura Mazda, "el Creador". Existen dos clases de fuego: el celeste y el terrestre. El propósito de nuestros rituales es lograr que en alguna medida el fuego terrestre llegue a tener propiedades semejantes a las del celeste, que es purificador, protector y dador de vida.

Frente a ese fuego inspirador, Tadeo recordó aquel día en que se hallaba reunido con los demás apóstoles cercanos a Jesús y "repentinamente vino del cielo un ruido como el de una ráfaga de viento, que llenó toda la casa en la que se encontraban. Entonces aparecieron unas lenguas de fuego que se posaron sobre cada uno de ellos". Se trataba precisamente de ese fuego celeste, del propio Espíritu Santo que les había concedido expresarse en otras lenguas; sin duda un signo manifiesto, al igual que el enigmático medallón, para que personalidades como Kusro y Narsés no los considerasen simples forasteros.

Después de guiarlos hacia una caverna como aquella en la que Zaratustra permaneció meditando varios años antes de iniciar la difusión de su mensaje, Narsés invitó a Tadeo y Martha a alojarse en una estancia del templo, y al día siguiente a participar en un ritual del fuego. Los misterios de la espiritualidad persa les parecieron no sólo maravillosos, sino además admirables.

Se había dispuesto todo tipo de ofrendas en el altar, y alrededor se encontraban los sacerdotes zoroástricos de más alto rango, incluido Narsés, quien agitaba un incensario con fervor y elevaba plegarias en forma de cánticos: "Nos profesamos adoradores de Mazda, que se opone a los 'daevas', los malos espíritus. Alabanzas al fuego, hijo de Ahura Mazda. A ti, fuego, hijo de Ahura Mazda, te rendimos siempre nuestro sacrificio y adoración".

Todos los jerarcas religiosos guardaban una firme solemnidad y concentración. No se trataba de cumplir con una escenificación tradicional; se trataba de ejercer un ritual que los conectaría con la raíz de la vida. Tadeo nuevamente descubrió que las enseñanzas de Jesús eran universales: la oración consciente era la que acercaba al ser humano con Dios. Sin importar el ritual, las palabras ni tampoco la cosmogonía, aquel que elevaba sus plegarias con fervor y fijando su atención en Dios, se unificaba con él.

En aquella ceremonia Martha percibió una energía con la que se identificaba plenamente. No sólo eso: sus sentidos se exaltaron hasta el vértigo y la embriaguez. Lo que experimentó fue como si el fuego fuera un espíritu que la poseyera, llenara cada célula de su cuerpo y el lugar más recóndito de su espíritu. Martha se entregaba al elemento y el elemento se entregaba a ella, otorgándole todo su poder. La gracia que irrumpió y se extendió en todo su cuerpo la hizo exclamar ante el fuego: "¡Oh, divinidad de inigualable hondura! ¿Cómo podré conocerte bastante?"

Todos en el recinto quedaron sobrecogidos por aquella invocación.

Después, en vista de la íntima conexión que Martha lograba establecer con la luminosa esencia que da origen al fuego, le fue reconocida su calidad de sacerdotisa de dicho elemento. La ceremonia de ordenamiento tuvo lugar en el santuario de Schiz, situado en el lugar donde se creía que había nacido Zaratustra. Ahí se preservaba con celo un antiguo fuego que provocó un rayo al caer en un árbol.

El templo estaba situado en lo alto de una montaña de forma cónica, en cuya base había un lago de aguas intensamente azules. Ahí, Tadeo meditó largo tiempo sobre la fuerza con la que Martha se había comunicado con esa sacralidad del fuego y, súbitamente, lo asaltó un inexplicable recelo.

De forma inesperada, la pareja se vio enfrentada a una dura prueba. Desde el inicio de su matrimonio, Tadeo había considerado que no debía existir una supeditación de la mujer hacia el hombre, pues ambos eran iguales ante Dios. Así, Martha había participado en todas las tareas apostólicas, aun cuando el asunto hubiera provocado diversas críticas. Sin embargo, el hecho de que ahora ella tuviese una jerarquía superior —al menos en todo lo concerniente a los ritos del fuego— causó en Tadeo una especie de resentimiento que sin duda significaba una fisura en la que siempre había sido una monolítica unión de pareja.

Tadeo se enfrentaba consigo mismo. En su corazón se desataba una lid entre el apego inconsciente a un patriarcado intolerantemente discriminador y el ímpetu por renovar la estructura social y religiosa en que se desenvolvían las mujeres. La mujer que más admiraba y respetaba se convertía ahora en una suerte de rival que lo hacía dudar de su posición en distintos niveles.

Para su desgracia, el conflicto aumentó cuando

un nuevo factor de desunión matrimonial apareció repentinamente. Durante su estancia en Mesopotamia, Tadeo conoció a una joven de nombre Macra, poseedora de una hermosura excepcional. La mujer había aparentado un gran interés hacia los temas espirituales que Judas abordaba, pero sólo para enmascarar la intensa pasión que el apóstol había suscitado en ella. Cuando se decidió a exteriorizarla, fue objeto de un cortés pero total rechazo. Al partir Tadeo hacia Persia, su ausencia no disminuyó sino que incrementó la pasión de Macra, quien había resuelto ir a buscarlo sin importarle las dificultades que entrañaba semejante despropósito.

Así que la llegada de Macra a Shiraz coincidió con la crisis por la que atravesaban Tadeo y Martha. Una vez más, Macra fingió sentir una profunda devoción hacia el mensaje de Jesús para tener un pretexto de acercamiento con Tadeo, a quien intentó atraer presentándose como una mujer abnegada y sumisa a la voluntad masculina.

Martha no era indiferente a las intenciones de Macra. Sentía una profunda afectación a causa de la crisis en que se encontraban ella y su amado esposo, una conjugación de elementos que parecía una conspiración para derrocar el proyecto de vida que ambos se habían propuesto. Nunca dudó de la fidelidad y lealtad de Tadeo; realmente no veía una amenza en Macra. Lo que más laceraba su alma era el recelo con que la trataba su esposo, aquel hombre por el que había decidido no sólo dejarlo todo, sino desafiar a sus padres y las tradiciones de su cultura. ¿Qué había entonces de aquella equidad que ambos buscaban entre hombres y mujeres? ¿Cómo podían pregonarla y difundirla, si no eran ellos mismos capaces de ejercerla? ¿Dónde estaba la solución a esa contradicción en la que se encontraban?

A pesar de sus intenciones y su carácter obstinado, nada parecía indicar que Macra pudiera alcanzar su empeño, sobre todo después de la llegada de un personaje que daría un giro radical a su vida.

Una mañana arribó al templo de Shiraz un hombre cuyo rostro y figura denotaban innata autoridad. El séquito que lo seguía indicaba que ejercía el mando en alguna población. El recién llegado era Arsés, descendiente de Gaspar y monarca de un pequeño reino en el norte de Persia, en la frontera con los dominios de los partos. Lo singular de su estirpe era que en sus integrantes se unían dos potestades, pues eran no sólo reyes, sino también magos.

Tadeo sabía que a los pocos días de que Jesús naciera, habían llegado a Belén para adorarlo tres reyes magos, provenientes de distintas regiones, y ahora, para su sorpresa, se encontraba frente al legítimo heredero de uno de aquellos insignes personajes.

Arsés contó a la pareja el relato del viejo Gaspar sobre el acontecimiento central de su existencia. Al iniciarse en el estudio de los astros, pudo descifrar la cercana encarnación de Dios en la Tierra gracias a la aparición de una estrella cuya movilidad indicaba el sitio donde tendría lugar el nacimiento.

Ahora, el rey estaba ávido de saber qué había sucedido con el esperado Mesías. Arsés había viajado hasta Shiraz al enterarse de que en la ciudad se encontraban unos apóstoles de Jesús, y deseaba aprovechar la oportunidad de conversar con ellos. Entonces Tadeo y Martha le narraron con detalle todo lo que vivieron con Jesús, en un dichoso encuentro que se prolongó durante varias horas.

El monarca poseía una gran erudición sobre cuestiones mágicas y un admirable conocimiento de la naturaleza humana. De esta manera, no tardó en percatarse de la dificultad por la que atravesaba la pareja y de cuál era la doble causa que la originaba.

Arsés le pidió a Tadeo que le permitiera hablar en privado con él:

—Percibo en ti cierta animadversión por el rango sacerdotal que Martha ha alcanzado. Y en verdad te digo: el propio mensaje de Jesús que me han revelado debe servir para eliminar de tu alma toda inquietud. La misión que el Mesías les ha encomendado es muy especial; ustedes son el vivo ejemplo de que el matrimonio debe ser resultado del amor y no de una negociación.

"Además tienen el privilegio de ser los iniciadores de un largo proceso que llevará a la mujer a recuperar su posición en el ámbito de lo sagrado, actuando en él precisamente en calidad de sacerdotisa."

Las sensatas palabras de Arsés no eran nada nuevo para Tadeo, pero el poder con el que fueron proferidas por el monarca hizo que su significado resurgiera y obligó a Tadeo a admitir lo injusto y erróneo de su resentimiento y a tomar la firme decisión de expulsarlo.

Arsés también distinguió la perturbadora influencia de la bella Macra en el matrimonio. Y le bastó conocer a la joven para comprender que lo que sentía por Tadeo no era auténtico amor, sino tan sólo una intensa pasión que, como toda pasión, constituía una fuerza poderosa pero ciega y temporal. Por lo tanto, la solución estaba en canalizar esa energía hacia un objetivo distinto. Con gran sutileza, Arsés hizo que Macra se interesara en el estudio de la magia, y logró que se apasionara por la adquisición de cada vez mayores conocimientos en la materia, dejando a un lado su interés por seducir a Tadeo. Macra había sido presa de una gran confusión emocional, pero en el fondo su espíritu estaba lleno de nobleza e inteligencia.

Pasados algunos días del encuentro con Arsés y del alejamiento de Macra a causa del descubrimiento del arte de la magia, Tadeo se acercó a Martha.

—He sido injusto contigo, mujer. Me he sentido amenazado; no por ti ni por el rango que con justicia has alcanzado, sino por mis inseguridades y el apego inconsciente a una concepción burda y desigual del matrimonio. Como todos los apegos, éste ha traído sufrimiento y desasosiego a mi espíritu.

Tadeo se acercó a ella, la tomó de los hombros y, mirándola fijamente a los ojos, le dijo:

—Gracias a las palabras del sabio Arsés y a la gracia de Dios, he comprendido el error en que he estado las últimas semanas. Te pido que perdones mis faltas y que dejemos atrás esta experiencia que tan grande enseñanza me ha dado.

Martha no pronunció palabra. Sólo le regaló una mirada llena de ternura y una sonrisa discreta que llenaba su silencio con amor.

A la postre, el vínculo entre Judas Tadeo y Martha se restableció y se fortaleció. Entonces, los esposos decidieron que había llegado el momento de abandonar Persia y continuar su peregrinaje, caminando siempre en dirección al sol naciente.

En su alma existía dicha y satisfacción por todo lo que habían logrado desde su partida de Galilea.

En Mesopotamia habían alcanzado una mayor comprensión de sus propios textos sagrados, así como de la antigua pero cercana tradición religiosa de aquella cultura. Igualmente habían sido iniciados en la forma correcta de apreciar la influencia que ejercen los astros sobre todo cuanto existe.

En Persia, Martha había encontrado un camino para acercarse aún más a lo sagrado, mismo que a su entender constituiría un valioso símbolo y un medio para todas las mujeres, cuando llegara el tiempo y asumieran la tarea de recuperar su derecho a ejercer el sacerdocio.

Finalmente, habían dejado sembradas las semillas del mensaje de Jesús, destinadas a fructificar en un futuro no tan lejano.

Con ánimo alegre y confiado, integrados a un

grupo de mercaderes que marchaban por la ruta de la seda hacia el este, Tadeo y Martha prosiguieron su viaje. Arsés, el rey mago, los acompañó durante dos jornadas y luego se despidió de ellos deseándoles prosperidad.

13

Una viuda en la hoguera

Aun cuando Mesopotamia y Persia se encontraban a considerable distancia de tierras palestinas, el pueblo judío siempre había estado vinculado de una u otra forma con esas culturas. En más de una ocasión fueron sometidos por los reinos de aquellas regiones. Además, existían numerosas coincidencias entre sus respectivos textos sagrados.

Nada de eso ocurría en relación con la India quimérica. Salvo un remoto antecedente de transitorios lazos comerciales que llegara a establecer el rey Salomón con el reino de Oribe.

Al saber la ruta por la que Tadeo planeaba dirigirse en compañía de Martha, Arsés les aconsejó que se presentaran con Gondofares, monarca de un importante reino de la India. Al mismo tiempo los puso en contacto con el más prestigiado dirigente de las caravanas que regularmente intercambiaban mercancías entre India y Persia. Se trataba de un hombre llamado Hidarnes, rico negociante de vasta sabiduría y miembro de una familia de gran abolengo, cuyos antepasados formaron parte de los "10 000 inmortales", los más afamados guerreros de la historia persa.

El camino que conducía a la India atravesaba una región inhóspita. Durante la larga travesía, Tadeo tuvo oportunidad de dialogar con Hidarnes, quien confesó ser un gran devoto de la antiquísima epopeya del Mahabharata, un portentoso texto sánscrito en el que desfilan dioses y demonios, héroes y villanos, participando en diversos sucesos que exhiben, entre innumerables enseñanzas, las múltiples máscaras de la cultura hindú. En opinión de Hidarnes, ese poema era la máxima obra literaria escrita hasta entonces, incluso superior a la del griego Homero.

Hidarnes reveló a Tadeo un multifacético mosaico de razas, idiomas, climas y costumbres, y le comunicó lo afortunado que debía sentirse porque pronto conocería al rey Gondofares, famoso por su inmensa erudición, quien lo iniciaría con puntualidad en las concepciones religiosas que ahí imperaban.

La caravana arribó a las orillas del río Indo, inmemorial frontera oeste de la India, y se dispuso a montar un campamento. Hidarnes aseguró que en ese preciso sitio, hacía algunos siglos, Poro, un rey hindú, había intentado detener el avance de los invasores comandados por Alejandro Magno, enfrentándolos con un gran ejército en el que abundaban elefantes entrenados para la guerra. En la batalla, cruenta en extremo, las tropas hindúes habían sido derrotadas.

Cuando los viajantes continuaron su avance, Hidarnes no dejaba de repetirle a Tadeo que muy pronto hallarían múltiples señales de la elevada espiritualidad que imperaba en la India. No obstante, lo ocurrido en el tercer día de marcha no fue precisamente una prueba a favor de lo que afirmaba el mercader.

Mientras la caravana cruzaba por las afueras de un pequeño poblado, Tadeo observó a lo lejos, en una extensa llanura, que mucha gente se reunía en una especie de ritual. Al aproximarse, el apóstol se dirigió a Hidarnes:

—Deben de estar festejando algo.

—No; se trata de un funeral. Miren, ya empezó a salir humo de la hoguera de incineración —señaló el jefe de la caravana.

Algunos caravaneros descendieron de sus monturas y llegaron hasta donde se efectuaba la ceremonia. En lo alto de una gran pira de leña destacaban dos figuras humanas envueltas en lienzos. Martha se impactó cuando vio que uno de los cuerpos se movía y comenzó a emitir tremendos alaridos.

—¿Acaso están quemando a una persona viva? —preguntó sorprendida.

—Sí —respondió Hidarnes—, seguro se trata de una viuda a la que están incinerando junto al cuerpo de su esposo recién muerto; es una costumbre llamada "satí". En la tradición se dice que una mujer debe ser despreciada en su condición de viuda, y tiene la obligación de acompañar a su marido si éste ha muerto.

Martha y Tadeo se miraron fijamente. Ambos se estremecieron y vacilaron; sabían que ése era un acto impío que no podían admitir, pero uno de sus grandes preceptos era no violentar las creencias y prácticas de la cultura en que enseñarían el mensaje de Jesús. Sin embargo, en esa circunstancia parecía no haber tiempo para dirimir el dilema. Tadeo empuñó su báculo y lo dirigió con resuelto ademán hacia la hoguera, al tiempo que mentalmente invocaba a Jesús; Martha, por su parte, pronunció con severidad una orden al fuego, aprendida de los sacerdotes de Zaratustra. Las llamas que se mostraban al rojo vivo y que parecían incontrolables fueron debilitándose. Martha permaneció concentrada y con la mirada dura e implacable sobre el punto en que nacía aquel infierno que martirizaba a la mujer que gritaba incesantemente de dolor. Gradualmente, las llamas fueron extinguiéndose y quedaron sólo débiles estelas de humo.

Hidarnes y otros miembros de la caravana no entendían muy bien lo que ocurría, pero instintivamente se lanzaron a rescatar el cuerpo de la viuda entre los leños. La mujer no dejaba de gritar y quejarse de un intenso dolor; y no era para menos, las quemaduras eran terribles. Tadeo se dio cuenta de que tan sólo la habían salvado momentáneamente de la muerte, pero la habían condenado a una insufrible agonía. Así que rápidamente se acercó al lugar donde yacía aquel cuerpo moribundo y violentamente apartó a quienes la rodeaban sin saber qué hacer. Judas Tadeo blandió el cetro y formuló una angustiosa petición a Jesús en favor de la infeliz mujer. Y cuando recorrió su báculo lentamente por el cuerpo calcinado, ocurrió un milagro. Ante los ojos de todos los presentes, una nueva y tersa piel ámbar suplantó la carne ennegrecida, y los dolores de la mujer cesaron por completo. Parecía como si el báculo de Tadeo fuera una brocha que ponía una capa de pintura sobre un lienzo virgen. Así, el cuerpo de la castigada fue curado de las heridas que las llamas habían causado, aparentemente sin remedio alguno.

La multitud permaneció enmudecida, paralizada por lo que había presenciado. Pese a todo, algunos hombres, parientes del difunto, manifestaron su oposición. Sentían que sus costumbres habían sido insultadas y exigían que se permitiera a la viuda seguir el camino de su esposo. Reclamaban al brahmán, un sacerdote que presidía la ceremonia, que se reanudara el ritual, se colocara a la viuda en la pira una vez más, y se expulsara a los extranjeros.

El brahmán, un sujeto de edad madura e inteligente mirada, y al parecer dueño de un carácter pragmático, opinó que antes debía cubrirse con algún ropaje el cuerpo desnudo de la viuda. Y una vez cumplido ese requisito, el oficiante emitió su juicio:

—Aun cuando nuestras costumbres son dignas del mayor respeto, hay ocasiones en que quizás a través de Savitri, ese voluble dios solar, resplandecen fuerzas superiores a nosotros para hacernos ver que debemos actuar en forma diferente de lo establecido.

"Estimo que debe ser la propia viuda la que resuelva si desea permanecer unida a su esposo o bien continuar en este mundo."

De inmediato se oyó un rumor lleno de sorpresa entre los presentes. Unos se inconformaban con las palabras emitidas por el brahmán y otros apoyaban la propuesta que se había expresado.

Tadeo no lograba salir del estupor, pero distinguió que las palabras del brahmán eran la descripción perfecta de un milagro, de una auténtica intercesión de Jesús, a través de sus manos. Aunque le parecía increíble, no cabían los cuestionamientos: Jesús había intercedido para ayudarle, e indirectamente, para salvar la vida de la mujer que sería sacrificada injustamente.

Sin que se le otorgara permiso para hablar, la viuda exclamó sin vacilación que no deseaba estar de nuevo en la hoguera. Al momento, el brahmán indicó que su deseo debía ser acatado. Así, en nombre de la familia, un hermano del difunto expresó, no sin malestar, su conformidad con la decisión de la viuda; sin embargo, demandó como condición que la mujer abandonara el pueblo para no volver jamás, pues su presencia constituiría una ofensa y un mal augurio.

Martha y Tadeo intervinieron para proponer que se uniera al grupo.

—Los exiliados y los oprimidos siempre tendrán un lugar con nosotros —afirmó Tadeo, rememorando a Jesús.

—Acércate. ¿Cómo te llamas? —le preguntó Martha a la viuda.

—Indra, señora —respondió con aplomo.

Ahora tenía un nombre; así enfrentó con fortaleza el duelo y el desprecio, aceptó la benevolencia de aquellos seres de indudable santidad, y transformó su existencia.

Más tarde, con una nueva e inesperada acompañante, la caravana reinició su marcha hacia el este.

14

El mensaje de los Vedas

La curación del cuerpo quemado de Indra fue el primero de numerosos prodigios que realizarían Judas Tadeo y Martha; todos eran actos que representaban un homenaje al Maestro, "el gran hacedor de maravillas". El segundo milagro ocurrió una semana después.

La caravana avanzaba cerca de un nutrido contingente de campesinos que regresaban a sus casas tras concluir la jornada diaria de trabajo en los surcos. El paso de los trabajadores era lento y denotaba cansancio.

Repentinamente, la marcha acompasada se paralizó cuando un niño que retozaba a la vera del camino pisó por accidente a una cobra enroscada bajo un árbol. El animal reaccionó con violencia y le mordió el tobillo. El pequeño comenzó a llorar, estaba asustado y se quejaba de un gran dolor. Inmediatamente se refugió en los brazos de su padre, quien trató de extraerle el veneno chupando la herida, aunque la mortal ponzoña al parecer ya corría por las venas del endeble cuerpo, pues el pequeño comenzó a convulsionarse y después perdió el conocimiento.

Los caravaneros se dieron cuenta de lo que sucedía cuando escucharon a unas mujeres llorar con agobio e impotencia. Tadeo y Martha se acercaron hasta donde el hombre angustiado intentaba en vano reanimar a su hijo. En silencio, Judas recorrió con su báculo el cuerpo desfallecido del niño, al tiempo que Martha pronunciaba una sonora invocación al fuego sagrado. Ambos se sabían portadores de un poder: Tadeo de canalizar su energía y la energía de Jesús a través del madero que éste confeccionó especialmente para él; y Martha dominaba el fuego con la maestría de quien conoce los secretos de su propia naturaleza. El prodigio no se hizo esperar. La criatura abrió los ojos y su rostro dejó ver una alegre sonrisa. El padre, atónito, tomó las manos de Judas, y se inclinó con reverencia.

—¡Alabado seas, buen hombre! Tus poderes de curación son asombrosos. ¿Cómo agradecer a ti y a tu esposa lo que han hecho por mi hijo?

—¡Alabado sea Dios, quien nos ha permitido ser medios de su expresión! —dijo Tadeo levantando los brazos.

Cautivados, todos juntos imitaron la aclamación y voltearon hacia el cielo. Después prosiguieron su camino sin poder dar cuenta de lo que habían atestiguado.

Habían sido ya dos los sucesos en los que Tadeo y Martha habían intervenido manejando lo que parecían fuerzas sobrenaturales. Sus compañeros de viaje los veían con admiración y curiosidad. Por su parte, el matrimonio trataba de mostrarse gentil y cooperativo con las tareas que el mismo viaje les imponía. Sin embargo, de manera individual ambos se encontraban también sorprendidos con lo sucedido. De ninguna manera dudaban de los dones que les habían sido otorgados. Pero los dos sabían que la posesión de esos dones no era un privilegio, sino una responsabilidad. Cruzaban miradas que expresaban lo que sentían, las preguntas que se generaban en sus corazones, y concluían aquella comunicación silenciosa con una sonrisa cómplice que significaba la comprensión total de lo que estaba por venir.

Como resultado de lo que observaban día con

día al adentrarse en la India, Tadeo y Martha descubrieron que la admiración hacia la cultura hindú que profesaba Hidarnes estaba ampliamente justificada. Gurús de figura ascética predicaban sabias enseñanzas hasta en los más pequeños poblados. Por doquier se hallaban templos majestuosos de arquitectura sofisticada. Continuamente se realizaban aquí y allá rituales solemnes en los que participaban reverentes multitudes. Lo que más conmovía a la pareja apostólica era el profundo respeto de la gente hacia todas las formas de vida.

Tadeo y Martha, acompañados por Indra, llegaron finalmente al reino del que era monarca Gondofares, el amigo de Arsés. Estaban extenuados por la larga travesía, pero cada vez se fascinaban más por cuanto les era dado contemplar.

Gondofares brindó a los visitantes la más generosa hospitalidad, los alojó en su propio palacio y les brindó toda clase de atenciones. El soberano era hombre de aspecto bondadoso, dotado de una brillante inteligencia y una vastísima cultura. En su ovalado rostro resaltaba una penetrante mirada, siempre atenta a examinar con suma atención todo lo que aparecía ante sus ojos.

Gondofares había conocido a Jesús cuando éste recorrió la India hacía ya más de 20 años. Con emocionado acento relató varios de los recuerdos que conservaba de él, especialmente de las disertaciones que habían sostenido sobre la naturaleza de lo sagrado. En el mismo palacio donde se encontraban había tenido lugar una reunión sacerdotal, a la que acudieron sabios de diversas regiones de la India para dialogar con Jesús. El monarca comunicó a Tadeo su resolución de convocar una reunión semejante, para que el apóstol relatara la historia de cómo había sido la vida pública de Jesús en Palestina.

Un gran entusiasmo nació en Judas. Ésa sería una brillante oportunidad para divulgar el mensaje del Maestro y aprender sobre la enigmática e inmensa cultura de aquella tierra lejana.

Se estableció un día para el encuentro, y los mensajeros del reino llevaron la noticia a numerosos miembros de las castas sacerdotales.

Durante un largo encuentro en los imponentes jardines del palacio, Gondofares inició a Tadeo en la cosmovisión contenida en los Vedas, los libros sagrados de la India.

—Para nosotros existe un Dios supremo, un espíritu eterno al que denominamos Brahma, el cual constituye el principio y el fin de cuanto existe, pues todo ha partido de él y continúa formando parte de su ser. El fin supremo de los individuos consiste en alcanzar plena conciencia de dicha unidad —explicó Gondofares a Tadeo, quien lo escuchaba con suma admiración—. Este espíritu eterno —continuó el rey— adopta tres facetas. El Dios supremo está integrado por tres distintas deidades que son una sola: Brahma, el dios creador del universo y de todo lo que existe en sus múltiples planos; Vishnú, el conservador de lo creado, que en determinadas circunstancias puede llegar a manifestarse en forma humana, y Shiva, el destructor, cuya obra permite que den inicio nuevos ciclos de creación. En un plano inferior al de la deidad trina y una, existen innumerables deidades, tanto benéficas como demoniacas, sumergidas en contienda permanente, de la cual se deriva la fortuna o la desdicha.

—En verdad te digo, venerable Gondofares, que en tu palacio he visto magistrales representaciones de esas deidades en pinturas y esculturas, y me han dejado sin aliento —afirmó Judas, antes de comenzar una profunda introspección.

Al adentrarse en la sabiduría brahmánica de mano del rey, Tadeo descubrió dos nociones que le resultaban no sólo novedosas, sino incluso contrarias a sus propias creencias religiosas derivadas de la doctrina judaica y de lo aprendido de Jesús: la reencarnación y la "maya".

Encontró que los hindúes consideran que para llegar a tener plena conciencia de su unidad con Dios, los seres humanos han de pasar por sucesivas reencarnaciones, distintas vidas en las cuales ascenderán, y en ocasiones descenderán, en el proceso que habrá de conducirles al final del camino. Ese proceso, que representaba el ir y venir en distintos cuerpos y en distintos tiempos atados a un proceso de aprendizaje indispensable para alcanzar la liberación o Nirvana, era conocido en la India como el Samsara, y se representaba como la Rueda de las Reencarnaciones. De la reencarnación se deriva el concepto de "karma", es decir, las consecuencias de las acciones que en cada reencarnación se realizan y que determinarán las vidas futuras.

A su vez, "maya" es un tejido de velos que engaña a los sentidos y les hace creer que en lo material reside la "naturaleza real" de las cosas. De acuerdo con esta concepción, la aparente multiplicidad de los seres es una ilusión que nos hace sentir separados de los demás y de todo lo existente, cuando en verdad constituimos una sola unidad que forma parte de la divinidad. La falsa percepción de la realidad

conlleva sufrimiento; los deseos puramente terrenales conducen siempre a la frustración. Sólo pueden
lograrse paz y felicidad auténticas cuando se supera
esa percepción desviada y se alcanza la conciencia
de unidad con la divinidad.

Mientras Tadeo sostenía extensos diálogos con
el rey Gondofares para penetrar en los principios
del brahmanismo, Martha alcanzó idéntico propósito por medio de Indra, quien sin ser erudita
en materia religiosa, poseía un carácter en extremo devoto y una gran sapiencia de las creencias y
prácticas populares. Así, se convirtió en una especie
de instructora para Martha, y en sus encuentros se
produjo un intercambio de ideas que tendría consecuencias imprevistas.

Mientras Indra le transmitió todo lo que sabía
de la religión en la que había sido formada, Martha
le enseñó a su amiga cómo ejercer un pleno dominio sobre el elemento que había estado a punto de
privarle de la vida: el fuego.

Al descubrir el concepto hindú de la trinidad
divina, llamó de inmediato la atención de la israeli-
ta que cada una de las tres distintas facetas de Brahma, el Dios supremo, tenía su contraparte femenina. Brahma ejercía sus funciones conjuntamente
con Sarasvati; Vishnú, el conservador, lo hacía en

compañía de Lakshmi, y Shiva, el destructor, en total unión con Párvati. Además, la mayoría de la gente tenía una especial preferencia por el culto de las manifestaciones femeninas, pues sentía que brindaban ayuda y protección extraordinarias.

Martha meditó y llegó a la conclusión de que ese reconocimiento de lo femenino en las diversas jerarquías de lo sagrado debía ser considerado en un proceso en el que la humanidad entera tuviera como meta una comprensión más elevada de lo divino.

Indra, por su parte, tuvo la repentina intuición de que sus nuevos conocimientos sobre el fuego tendrían pronta aplicación. De manera natural, dos energías femeninas se retroalimentaban, conocían y aprendían la una de la otra. Nada era casualidad, en todo había una causa, pensaba Martha. El viaje que realizaban escondía una enseñanza en cada encuentro.

Un día les llegaron noticias sobre un satí que estaba por realizarse en la ciudad. Indra y Martha decidieron ir a la casa donde tendría lugar la ceremonia. Era fundamental hablar con la mujer y explicarle que su muerte no era un mandato ineludible. Cuando llegaron al lugar, se abrieron paso entre la gente, que cabizbaja oraba en silencio, y lograron tener una plática a solas con la viuda.

—Te aseguramos que podemos salvar tu vida; tenemos el suficiente poder sobre el fuego para impedir que se encienda la hoguera en la que pretenden inmolarte —dijo Indra con apremio.

—Tu muerte en la pira no será lo que compruebe una fiel devoción a tu marido. Por favor, piensa en la posibilidad de preservar tu vida —le pidió Martha.

La viuda estaba sorprendida. Su dolor era hondo y no podía comprender aquellas palabras; sólo le producían indignación. Enojada, rechazó la oferta, y antes de despedir a las visitantes dijo:

—Mi único deseo es acompañar a mi esposo en el más allá; sólo así gozaré de honor tras mi muerte.

A la mañana siguiente, Indra y Martha contemplaron desde uno de los ventanales del palacio, con entremezclados sentimientos de tristeza y rabia, la estela de humo que brotaba de la hoguera encendida en la plaza cercana, donde se efectuaban las cremaciones.

Al buscar las causas de su fracaso al intentar rescatar a la viuda, las dos mujeres pensaron que erradicar esa arraigada costumbre jamás podría alcanzarse si pretendían atender casos individuales. Había que lograr que se produjera un cambio de opinión contrario a dicha práctica en las altas esferas sacerdotales.

Y el encuentro convocado por Gondofares podía ser una ocasión propicia para ello. Entonces resolvieron informar sus propósitos al rey. La participación femenina en una reunión sacerdotal constituía en India un hecho sin precedentes. El monarca titubeó antes de aceptar la propuesta, pero terminó haciéndolo, pues estaba convencido de la reivindicación de la mujer que el Maestro había encargado a Tadeo.

Finalmente llegó el día; los jerarcas de las castas superiores se congregaron en el palacio de Gondofares. Con una postura inflexible, varios optaron por regresar a sus lugares de origen cuando se enteraron de que habría dos mujeres presentes. Sin embargo, no se marchó ninguno de los que habían participado en aquel remoto encuentro con Jesús, en el que habían distinguido en el nazareno a un gran iniciado.

La asamblea dio comienzo.

Tadeo y Martha relataron las vivencias que dejara en ellos su cercanía con Jesús, así como las historias de su predicación antes de ser crucificado, y las bases esenciales de su mensaje.

Más tarde, Indra declaró con arrojo y claridad su postura en contra de la cremación de las viudas.

Resultaba absurdo que mientras el hinduismo predicaba y practicaba un absoluto respeto a todo ser viviente, le mereciese tan poco respeto la existencia de unas mujeres a las cuales condenaba a morir de una forma en extremo cruel. Su parecer fue plenamente apoyado por la pareja apostólica.

Al principio, los sacerdotes se desconcertaron, pero después manifestaron estar de acuerdo con lo expuesto. En efecto, consideraron que la práctica aludida era contraria a los elevados ideales que propugnaba el brahmanismo, aunque creían que su erradicación no podía ser resultado de un simple acuerdo tomado en una cúpula como ésa, sino que se requería de un largo proceso de toma de conciencia.

Vinieron luego disertaciones de mayor complejidad, en las que se trató de establecer cuáles eran las principales coincidencias y divergencias entre el brahmanismo y las enseñanzas de Jesús. La aparente multiplicidad de deidades de la religión hindú y la concepción de un Dios único no constituían un problema de fondo, sino tan sólo de lenguaje. En realidad la tradición judaica y el propio Jesús aceptaban la existencia de una gran diversidad de seres inmateriales, tanto benéficos como maléficos, a los que se les denominaba ángeles y demonios. Eran el equivalente de los dioses hindúes, con la única diferencia de que no los consideraban deidades. En lo relativo a la comprensión de las manifestaciones de Dios a través de una trinidad en acción, existían entre las dos doctrinas obvias coincidencias, sin que pudiera afirmarse que ambas concepciones fuesen idénticas.

Al final, Tadeo, Martha e Indra pospusieron que se levantara la prohibición de que las mujeres pudieran ejercer libremente la función sacerdotal. Sorprendentemente, las autoridades religiosas respondieron que ésa era una práctica que se adoptaría con el progreso histórico y que no debía imponerse con arrebato. El Maestro lo había dicho ya: la llegada de las mujeres al sacerdocio y su aceptación tomarían tiempo.

La reunión sacerdotal se clausuró con una optimista declaración, aprobada por todos los participantes, de acuerdo con la cual la humanidad estaba en el camino de alcanzar la unidad espiritual, al convergir en lo esencial sus diferentes religiones.

Judas Tadeo y Martha consideraron que así había concluido otra etapa en su peregrinaje en esa región y que debían hallar nuevos horizontes. Además del brahmanismo, en la India existía otra importante corriente espiritual surgida en tiempos mucho más recientes: el budismo. Al enterarse de que después de la asamblea realizada para conversar con él, Jesús se había dirigido a la región donde predominaba esa corriente espiritual, Tadeo decidió que de idéntica forma debían ir tras las huellas de Buda.

15

Tras las huellas de Buda

Gondofares había invitado a Indra a integrarse en la corte de su palacio, donde tendría la misión de cuidar un pequeño templo dedicado a Lakshmi, la diosa de la abundancia. Halagada, Indra recibió con gran alegría el ofrecimiento, y se despidió de la pareja apostólica no sin antes agradecerles todo lo que habían llevado a su vida.

—Ustedes son considerados, por cuantos los conocen, como los portadores de una nueva enseñanza que su maestro les transmitió. Todos ven en ustedes una pareja que adoctrina en la enseñanza del amor universal; sin embargo, yo veo dadores de vida. Sé que lo que les digo puede parecerles exagerado y que su humildad no les permitirá aceptar mis palabras.

Efectivamente, Tadeo y Martha tuvieron el impulso de interrumpir a Indra, pero ella lo evitó con un movimiento que les solicitaba paciencia.

—De mí no quedarían más que cenizas y, quizá, recuerdos. Mi cuerpo se hubiera consumido en aquella hoguera irremediablemente si no hubiera sido por su intervención. Hoy tengo una nueva vida, basada en la independencia y en la posibilidad de aprender y hacer crecer mi espíritu. Tendrá que ser Dios quien les pague lo que hicieron, porque a mí la vida no me alcanzará para hacerlo.

Indra juntó las palmas de sus manos a la altura del pecho, apuntando con los dedos hacia su rostro. Inclinó la cabeza y, al levantarla, les regaló la más sincera de sus sonrisas, adornada por un par de lágrimas que corrían por sus mejillas.

Gondofares también dispuso una comitiva para que condujera a Martha y Tadeo hasta la ciudad de Benarés, en la cuenca del colosal río Ganges, donde permanecerían durante una larga temporada.

En ese mismo lugar, casi seis siglos antes, Siddharta Gautama comenzó la impartición de sus enseñanzas. Siddharta renunció a su vida de príncipe y abandonó el palacio de su padre para llevar una vida mendicante y someterse a las más severas disciplinas, con el propósito de encontrar respuestas a los grandes enigmas de la existencia. Al no lograr su objetivo, decidió meditar bajo la sombra de un árbol y no moverse de ahí hasta que comprendiera el sentido de la vida. Durante su meditación, Gautama sufrió el acoso de huestes demoniacas, que pretendían impedir que continuara su búsqueda de la verdad, pero logró vencerlas y convertirse en "Buda", el Iluminado. En el norte de la India, durante 45 años, realizó prédicas sobre el dominio de la mente, la auténtica compasión y la liberación del sufrimiento. Antes de morir, Buda fundó una orden monástica cuyos integrantes difundirían su mensaje en todo Oriente.

Uno de los sucesores de aquella legendaria orden era Uddaka, un monje que conocía bien a Gondofares. Tenía un lazo estrecho con éste, pues con los años sus comunidades habían aprendido a ayudarse, sobre todo en épocas de escasez.

Uddaka, hombre misterioso con el semblante de un asceta consumado, admitió a Martha y Tadeo en su congregación y les brindó una morada. La vida ahí era simple y modesta, y no tardaron en acostumbrarse.

Los primeros encuentros con el budismo suscitaron en ellos extrañeza y al mismo tiempo familiaridad. La asidua meditación dejaba más tiempo al silencio que a las palabras. En ese lugar, más que en ningún otro, se preguntaron cómo habrían sido las jornadas de Jesús. En las intensas experiencias contemplativas en las que se buscaba eliminar el sufrimiento y sosegar el alma, sin duda el Maestro habría perfeccionado la práctica de la oración consciente.

Uddaka los introdujo con simpatía y aprecio en la sabiduría budista. Una de las revelaciones que más conmovieron a Tadeo fue que Buda no quería que nadie creyera en sus enseñanzas por idolatría hacia él, sino porque las hubieran interiorizado y aplicado en su vida. Al igual que Jesús, Buda se alejaba del dogma impositivo y dejaba que el libre albedrío de los seres humanos comprobara de manera natural y a través de la práctica lo que aquel iluminado difundía. Ejercer, no sólo creer; convencer, no sólo vencer.

Durante un tiempo, Tadeo y Martha se dedicaron solamente a observar y aprender cómo los monjes ponían en práctica los preceptos del iluminado y lograban una existencia disciplinada, sin apegos y pacífica.

Después de no haberlo visto durante varios días, Uddaka se presentó ante Tadeo y le confió que estaban pasando por un mal momento, pues una peste había caído sobre el ganado de Benarés y nadie sabía cómo controlarla. Tadeo se ofreció a ayudarlos y compartió sus conocimientos en la curación de animales, aquella vieja profesión que le había ganado tanto prestigio en su tierra natal.

Antes de iniciar su labor, Tadeo descubrió con azoro que fuera del monasterio, en la ciudad prevalecía una considerable intolerancia religiosa. Dentro del brahmanismo las vacas eran consideradas sagradas, pero no lo eran para la doctrina budista, la cual estimaba que no había razón alguna para que se les rindiese especial veneración, sino tan sólo el respeto que merece todo ser vivo. A juicio de los brahmanes ortodoxos, la plaga era un merecido castigo para los budistas por haber abandonado la ancestral religión de la India. Las encontradas opiniones en torno a las posibles causas de la epidemia habían generado una alarmante tensión entre los habitantes de la región.

Judas Tadeo logró sanar a algunos animales, pero pronto comprendió que si atendía caso por caso, nunca lograría superar la velocidad con que la plaga estaba acabando con el ganado. Por lo tanto se enfocó en el origen de la enfermedad, estudiando sus síntomas en los animales infectados, vivos y muertos. El tiempo que había pasado aprendiendo las religiones de Oriente enseñó a Tadeo a reflexionar siempre de manera deductiva sobre cualquier situación. De nada servía aliviar momentáneamente, si no se curaba desde la raíz. De esta manera, concluyó que el germen del mal se encontraba en el agua que bebían las reses, proveniente de las corrientes subterráneas. Al parecer este líquido tenía algo que afectaba mortalmente al ganado vacuno y que resultaba inofensivo para otra clase de animales y para los seres humanos.

Los cuidadores de los rebaños condujeron al apóstol hasta donde se formaban las capas de agua filtrada por la lluvia. Ahí se dio a la tarea de purificar los mantos, recorriéndolos desde la superficie con caminatas rituales en las que empuñaba su báculo. Elevando las plegarias que Jesús le había enseñado mientras recorría los mantos contaminados, Tadeo iba polarizando las aguas que enfermaban al ganado. Las aguas obedecían la orden del portador de la energía sanadora, purificándose gradualmente hasta quedar libres de cualquier germen generador del mal. Al poco tiempo, los habitantes de la comarca se percataron de la efectividad de este procedimiento, ya que la salud del ganado había mejorado sustancialmente. Entonces comenzaron a participar en creciente número. A las caminatas asistían hinduistas y budistas unidos en un común propósito. El peligro los había unificado, los había convocado para unir fuerzas. Al sentirse amenazados, no hubo distinciones de credo o de raza, sólo el ímpetu de mantenerse a salvo. "Si tan sólo los hombres y mujeres del mundo supieran que la única forma de salvarse a sí mismos es el amor", pensaba Tadeo. La plaga llegó a su término, y con ella desapareció también la amenaza a la paz social.

Cuando superaron aquella dificultad, Tadeo y Martha continuaron embebidos en las enseñanzas de Buda de la mano de Uddaka. Una tarde, el monje les explicó que el "dharma", fundamento y esencia de la doctrina, estaba contenido en un sermón pronunciado por Siddharta, en la cercana localidad de Isipatana, a un pequeño grupo de monjes. Después pronunció un fragmento:

—Existen dos extremos de los que debe alejarse aquel que ha renunciado a la vida del mundo.

¿Cuáles son estos extremos? Uno es pasar la vida en los placeres y los goces terrenales, camino vil, materialista e innoble que no conduce al fin. El otro es el camino de mortificación; éste es doloroso y tampoco conduce al fin.

"Apartándose de estos extremos, el ser perfecto ha descubierto el camino de en medio, el camino que depara visión y conocimiento, que conduce a la paz, al discernimiento y a la iluminación.

"Es el noble sendero óctuple, recta creencia, recta resolución, recta palabra, recta acción, recta vida, recta aspiración, recto pensamiento y recta meditación."

"Renunciar a la vida del mundo...", reflexionaba Tadeo, y se quedó absorto en esa reflexión.

—Es un sendero arduo —subrayó Uddaka—. Siddharta continuamente pedía a los monjes energía y firmeza en su designio. El Buda había trazado la vía, pero cada quien tendría que recorrerla por sí solo.

—Dices bien, Uddaka; el camino está en nosotros mismos —advirtió Martha.

La doctrina de Buda tenía numerosas coincidencias con la predicada por Jesús. Ambas propugnaban una elevada ética, condenaban el egoísmo y celebraban un amor auténtico como lazo fundamental en las relaciones humanas.

Al igual que los brahmanes, los budistas creían en la reencarnación, esa condena a renacer en nuevas vidas hasta lograr la liberación de "maya" y alcanzar la iluminación. Judas Tadeo no dejaba de considerar que esa creencia era incompatible con la visión judía y la de su Maestro, pero atendiendo a las instrucciones que recibiera del propio Jesús, se abstuvo de formular cualquier cuestionamiento. Únicamente se limitó a transmitir, a Uddaka y a otros monjes de Benarés, lo esencial del mensaje de Jesús, con miras a que en un lejano futuro su sabiduría pudiera incorporarse en la tradición espiritual que ellos representaban.

La pareja apostólica tenía la convicción de haber cumplido una misión bienaventurada. Al sumergirse en diversos misterios espirituales, habían compartido el mensaje de Jesús en cada uno de los sitios de una ruta sagrada. Sabían que había llegado la hora para desandar el camino y reencontrarse con los otros apóstoles. Agradecieron profusamente a Uddaka su excelsa hospitalidad y todas las enseñanzas que habían recibido. Y así, una mañana calurosa, partieron de Benarés en dirección al reino de Gondofares.

Para realizar sus travesías, siempre habían tenido la fortuna de ser aceptados por caravanas y grupos de comerciantes, y esa vez no fue la excepción. En realidad, los viajantes que los llevaban no ignoraban el halo de santidad que rodeaba a la pareja, y su poderosa presencia invariablemente había sido acogida en las más apartadas regiones.

Esta vez no fue distinto. La caravana a la que se unieron los recibió con cordialidad y gentileza. Tadeo y Martha recorrieron los mismos caminos por los que habían pasado para llegar a tierras budistas. Sin embargo, no dejaron de sorprenderse con los paisajes de una belleza a la vez delicada y agresiva que se presentaban.

Cuando pasaron la primera vez, Tadeo notó con curiosidad las enormes montañas que se distinguían a lo lejos. De caprichosas formas, como si la naturaleza estuviera extasiada de sí misma, aquellas montañas dejaban ver un secreto que reservaban para todo aquel que las contemplara con los ojos del espíritu. Sintió el impulso de conocerlas, de responder al llamado que aquellos gigantes cubiertos de nieve le hacían a su corazón.

Jesús había estado ahí; así lo intuía. Su espíritu lo llamaba. Hubiera querido detenerse ahí y encaminarse en esa dirección. Pero sabía que él y Martha estaban ya decididos a regresar a Palestina. No era momento de cambios repentinos que trastocaran los planes. Cuando el sol se puso, observó conmovido cómo el choque de los rayos del astro rey con la nieve formaba una mezcla de colores que simulaban los del cuerpo de Dios: el todo unificado en la diversidad. Llegó la noche y Tadeo, al igual que los demás viajeros, se dispuso a descansar.

Repentinamente caminaba cuesta arriba. Necesitaba realizar un doble esfuerzo porque sus pies se hundían en la nieve que cubría hasta donde la vista le permitía llegar. Su respiración era cansada a causa, también, de la altura en que se hallaba. Agotado, decidió descansar cuando encontró una roca en la que podía apoyar la espalda sin caer al vacío.

Sed y músculos entumecidos por el esfuerzo. Visión cóncava de todo lo perceptible. Una luz, arriba, una luz. Una presencia conocida y tranquilidad en el alma. Jesús está ahí, en cuclillas frente a él, mirándolo con infinita ternura. Lo toma del brazo y, sin esfuerzo, llegaron hasta la cumbre.

En un semicírculo se agrupan siete figuras. En medio, el fuego. Sus miradas fijas en el centro del semicírculo que es, en ese momento, el centro del universo entero. Repiten una oración incesantemente, una y otra vez. La oración consciente, en un idioma que su intelecto no entiende, pero su espíritu sí. Voltea y Jesús se encuentra en la misma posición que los demás: hincado, con la espalda recta sin estar tenso, mirando el fuego y repitiendo la oración.

Tadeo los imita y, como puede, se une a la plegaria que todos elevan. Al paso de los minutos, siente un golpe en el cuerpo, una descarga de una energía más potente que las que ha sentido en todos los años de andar caminos. Del rojo, el fuego pasa a un blanco brillante que se magnifica al encontrarse con la nieve, y entonces ya no hay nadie más. El blanco del fuego se descompone en distintos colores que, inicialmente, se mezclan para después fortalecerse en un solo tono. Como anillos, Tadeo percibe siete colores distintos: al centro el blanco; le siguen el azul, el amarillo, un tono rosado, el verde, un matiz que mezcla el amarillo y el rojo y, al final, un intenso violeta.

Ahí está Dios. Sin forma humana, pero manifestando su poder. Creando, conservando, transformando. Unifica y diversifica, contrae y expande, inhala y exhala. No es una luz estática, se mueve. Fija su vista en el centro y, de repente, se encuentra dentro de sí mismo. En la tranquilidad de su alma. "Esto debe ser el Nirvana, el paraíso prometido en las escrituras", piensa.

Una nueva descarga de energía en su ser. El fuego está frente a él, con su rojo intenso. Jesús a su lado, mirándolo con serenidad. Sin pronunciar palabra, lo toma del brazo y lo encamina cuesta abajo. Tadeo desciende; ya no está cansado. Sus músculos están fortalecidos y su alma también. Puede llegar hasta la base de la montaña sin problemas. Su temperatura corporal se encuentra en perfecto equilibrio.

Escucha voces. Abre los ojos: Martha lo está despertando. Es hora de retomar el camino.

16

Desandando el camino

Una mañana, después de varios días de viaje, reconocieron a lo lejos la suntuosidad del palacio de Gondofares.

En el pórtico se inclinaron ante los guardias; algunos de ellos habían formado parte de la comitiva que los llevara hasta Benarés, y los saludaron cordialmente. Cruzaron el pórtico de los imponentes jardines, y en el umbral de la entrada distinguieron la figura de Gondofares, quien los recibió ceremonioso y con un gesto fraternal. Martha escuchó el jadeo de alguien que corría hacia ellos era Indra. Enseguida se fundieron en un abrazo efusivo.

En Indra se había dado un cambio notable. Aun cuando se encontraba en un mejor estado que cuando fue rescatada de la hoguera, al momento de partir del reino de Gondofares había en ella una tristeza que matizaba su rostro. Su cuerpo lucía delgado, débil y maltratado. Su mirada, opaca, no lograba transmitir la fuerza de su espíritu.

Ahora que la reencontraban, Martha notó en ella una fuerza que la había revitalizado, que transparentaba su carácter y que la dotaba de una felicidad apacible. Martha tuvo la sensación de estar junto a una fuerza femenina equiparable a la suya. Todo era alborozo alrededor de la pareja. Entraron en el recinto y el monarca ordenó que se prepararan alimentos especiales.

—No los esperábamos. ¡Me alegra que estén de vuelta! —afirmó Gondofares.

—¡Es un gusto verlos de nuevo! —correspondió Tadeo.

—Ansío escuchar su relato. He tenido noticias de una plaga que asoló Benarés —dijo el rey.

—Debes saber, Gondofares, que ésta ha sido una travesía llena de aprendizaje y descubrimientos —le aseguró Martha.

En medio de un improvisado festín, Martha y Tadeo narraron los pormenores de su estancia con Uddaka, a quien describieron como un magnánimo y venerable guardián de la tradición budista.

Ya entrada la tarde, después de una fascinante y larga plática, confesaron su intención de regresar a tierras palestinas después de haber realizado con creces los designios de su Maestro.

Por primera vez en mucho tiempo, Tadeo se sentía cansado. La intensidad de su peregrinaje se había acumulado en su cuerpo y el paso de los años también. Su ímpetu no era el mismo, aun cuando el ánimo lo traicionaba. Sobreponiéndose, suplicó a Gondofares su favor para que al día siguiente lo guiara por los caminos que conducían hacia Persia.

Aunque Gondofares se sorprendió por lo breve que resultaría la visita de los apóstoles de Jesús, a quienes nunca dejó de considerar seres indescifrables y prodigiosos, sin dudarlo les ofreció ayuda e hizo los arreglos necesarios para alistar nuevamente un cortejo.

Esa misma noche, Tadeo confesó al monarca su inquietud por saber qué había al norte de Benarés, y le preguntó si conocía más allá de esos majestuosos y gigantescos seres de nieve y rocas que desde ahí se observaban.

Gondofares contestó:

—Espero que mi vida dure lo suficiente para poder explorar esos territorios de sabios, poetas y grandes emperadores, de los que siempre he escuchado historias de grandeza.

"Me han asegurado que existe un reino amurallado de tradición ancestral cuyo soberano es llamado

Kuang Wu, su poder nace de una relación privilegiada con las fuerzas cósmicas, y eso lo convierte en un mediador entre el cielo y la tierra…"

Las palabras de Gondofares sumieron a Tadeo en un profundo ensueño lleno de vívidas imágenes, que evocaron en su alma la sensación de que Jesús habría podido alcanzar tierras ignotas que él apenas podía concebir.

Ese extraño sentimiento permaneció con Tadeo hasta el día siguiente.

Al amanecer, todo estaba dispuesto para que él y Martha emprendieran el regreso. Una vez más, su partida causó pesar en la corte de Gondofares, sobre todo en Indra, quien les guardaba una devoción absoluta.

En aquella ocasión, la comitiva de Gondofares llevó a Tadeo y Martha hasta un puesto en el que se integraron a una caravana de carros tirados por imponentes caballos, que transportaban joyas y telas.

En la travesía no hubo mayores contratiempos. Lluvias, interminables llanuras, pintorescas comarcas. Al cabo de un tiempo considerable de marcha, los apóstoles tomaron conciencia de las enormes distancias que habían recorrido. Tadeo tenía la certeza de que aquel medallón que nunca dejaba de agitarse en su pecho había sido su guía.

Una noche en que la caravana se detuvo a descansar en un páramo desierto, el jefe del grupo manifestó cierta preocupación por un conflicto que se había suscitado en uno de sus destinos: Edesa. La tensión social era causada por las diferencias existentes entre los sacerdotes de Yarhibol y Aglibol, dioses del sol y de la luna, y un grupo de judíos que se decían adeptos del "Cristo". Tadeo sabía que esa palabra se usaba para hablar del Mesías, del Salvador, y ése no podía ser otro que Jesús.

La sorpresa de Tadeo y Martha fue mayúscula cuando se enteraron de que el líder de ese grupo era un hombre que decía venir de Caná, y cuyo nombre era Simón. El apóstol con el que Martha compartía el lugar de nacimiento, y con el que habían vivido momentos cruciales al lado de Jesús, se había asentado en Edesa, donde un importante número de personas había adoptado el mensaje de Jesús como forma de vida. Así, Tadeo descubrió que su paso por esa ciudad había superado por mucho la mera intención de plantar una semilla destinada a germinar en un futuro aún lejano.

Después de largas jornadas de viaje, que transcurrieron como un prodigioso sueño, se encontraron ante un conocido paisaje, el reino de Osroene. Antes de su llegada, la pareja apostólica había convenido que lo primero que tendrían que hacer era buscar a Simón. No fue difícil hallarlo, pues todos los habitantes conocían el suburbio donde residía su viejo amigo. Siguieron las indicaciones de un muchacho, cruzaron la ciudad, y después de una larga caminata aconteció la tan esperada reunión.

Al reconocerlos, Simón, lleno de júbilo, corrió hacia ellos y los estrechó en un fraternal saludo. Simón ya mostraba las señales de los años vividos. Las canas y el rostro curtido por las arrugas así lo manifestaban. Sin embargo, la felicidad que sintió al verlos lo hacía sonreír como un adolescente; en muchos años no había sentido una alegría similar. Al contrario de Tadeo y Martha, Simón había tenido que enfrentar la adversidad social y el repudio de los que se negaban a comprender las enseñanzas de Jesús.

Muchas veces había sido amenazado y amedrentado, perseguido y señalado. Reencontrarse con un apóstol como Tadeo lo regocijó y reconfortó. Tadeo y Martha también sintieron la emoción de encontrarlo, de abrazarlo y de compartir con aquel hombre sus vivencias. Como ellos, Simón había mantenido su fe intacta y firme.

El encuentro fue muy emotivo. Era la esperada restauración de una amistad, un abrazo ceremonial que exorcizaba la ausencia y renovaba en el alma el anhelo de esparcir la fe. Martha y Tadeo habían desaparecido por una temporada tan larga que los demás apóstoles llegaron a pensarlos muertos. Pero ahí estaban, juntos, una vez más. Unidos, se iba cualquier sombra de debilidad y las huellas de su misión se iluminaban como pasos firmes en el porvenir. Sabían bien que tenían mucho que compartir.

Tadeo narró con detenimiento su recorrido. Simón apenas creía que hubieran podido realizar un viaje de semejantes dimensiones. Estaba impresionado de que la palabra de Jesús hubiera llegado tan lejos.

La admiración de Tadeo no fue menor cuando se enteró de todo lo que había sucedido en su ausencia. La difusión alcanzada por los apóstoles sólo podía calificarse de milagrosa.

Simón les comunicó que en numerosas regiones habían prosperado órdenes inspiradas en el Maestro, y cuyo nivel de espiritualidad era cada vez mayor. No obstante, como resultado de su acelerada expansión, los seguidores de Jesús sufrían una violenta reacción en su contra, derivada de poderosos intereses políticos y religiosos.

soberano del Imperio romano, había
una persecución contra ellos. Empero
esfuerzos por impedir la transmisión de la buena
nueva resultaban del todo inútiles, ya que por cada
"cristiano" que era arrojado a las fieras en el coli-
seo, surgían centenares de nuevos creyentes. Pedro
había muerto martirizado bajo el yugo de ese cruel
emperador, solicitando a sus verdugos que lo cruci-
ficaran boca abajo, pues no deseaba hacer creer que
intentaba igualar a Jesús.

Santiago, el hermano de Tadeo, se había convertido en el primer patriarca de la comunidad en
Jerusalén. Asimismo, un nuevo apóstol con excepcionales cualidades de predicador y organizador
estaba divulgando el mensaje con notoriedad en la
ciudad de Damasco; su nombre era Pablo de Tarso.

—Yo llegué a Edesa siguiendo su rastro y con
noticias de que una creciente congregación profesaba el mensaje que ustedes mismos predicaron.
Entonces decidí asentarme aquí para continuar la
labor. Por desgracia, desde hace tiempo hemos sido
perseguidos por un grupo de opositores que dirige
Zaroes, el sumo sacerdote del culto al sol y a la luna.
Hasta ahora hemos sido incapaces de lograr una
conciliación, pues ellos piensan equivocadamente
que nuestro propósito es destruir su religión.

—Nosotros teníamos la intención de regresar pronto a Palestina, pero me he dado cuenta de que es un deber quedarnos a tu lado y establecer una labor de concordia —dijo Martha con gran ánimo.

—Estoy de acuerdo. Dinos, Simón, ¿qué piensas hacer? —preguntó Tadeo.

—La situación es delicada, y el rey Abgar, que está al tanto del conflicto, ha solicitado que tenga una audiencia con él. Considero que es necesario presentarle nuestro respeto, y buscar la paz entre los distintos credos. Si ustedes van conmigo a la corte, estoy seguro de que habrá más probabilidades de que tengamos éxito.

Al caer la noche, los apóstoles sintieron un gran optimismo por haberse reencontrado y formar, de nuevo, una auténtica hermandad al cuidado de las enseñanzas de Jesús.

Así también lo consideraron algunos habitantes de Edesa con el paso de los días, como aquellos mercaderes que los habían recibido bondadosamente en su primera visita, y que ahora no cabían de alegría por su regreso. Pronto, muchos otros los conocieron, y no dudaron en aprobar su autoridad apostólica para establecer una congregación firme y pacífica.

17

El último milagro

Martha, Tadeo y Simón se dirigieron al palacio de Abgar.

Inusitadamente, el soberano los recibió en su habitación. Estaba postrado a causa de una terrible enfermedad que ningún médico del reino había podido combatir, y temían que muriera en poco tiempo.

Al encontrarse frente a Abgar, lo saludaron con reverencia. Simón le presentó a sus acompañantes y comenzó diciendo:

—Te saludamos respetuosamente y agradecemos que nos des la oportunidad de tener esta audiencia.

El rey saludó con encomio a los tres apóstoles y les aseguró que aunque nunca hubieran estado frente a frente, sabía muy bien quiénes eran. A continuación se disculpó por recibirlos en esas condiciones.

—Un extraño padecimiento me ha tenido aprisionado en mi lecho, pero considero que este asunto es inaplazable —señaló Abgar.

Simón tenía la certeza de que enseguida el rey le hablaría de Zaroes y su inquietud por el orden social.

—Conozco la historia de Jesús y los milagros que realizó. Sé también que ustedes fueron sus discípulos cercanos, y que ahora presiden las comunidades que se consagran a su doctrina en Edesa.

—Soy yo, Simón, el que ha organizado esas comunidades, venerable Abgar —interrumpió el apóstol con tono defensivo.

—Aguarda, Simón… No quiero buscar culpables de esos conflictos de los que he tenido noticias recientemente. Mi intención es otra. Quiero ofrecerles lo que deseen a cambio de un milagro que me ayude a sanar.

—Nos confundes, señor. Nosotros no somos mercaderes, no vendemos milagros; somos humildes servidores de Jesús —dijo Tadeo con voz severa.

Ante el desconcierto de Simón y Tadeo, Martha intervino con ánimo indulgente:

—Señor, cuéntanos, ¿cuándo inició tu enfermedad?

El rey se excusó apelando a la desesperación que le causaba el dolor que lo invadía, y luego les confesó:

—Mi hermano Diyako planeó una conjura para derrocarme; se ha aliado con mis enemigos y juntos han hecho que cayera una maldición sobre mí.

Abgar les reveló que la conspiración había sido descubierta, los conjurados apresados y su hermano, tras escapar, se hallaba refugiado en el territorio vecino de los partos, desde donde promovía una guerra entre ambas naciones. El monarca consideraba que su principal obligación era evitar que el gobierno de Osroene cayera en manos de Diyako y sus partidarios, lo que acarrearía muy posiblemente la pérdida de la independencia del reino, al quedar sujeto al dominio de los partos. Por lo tanto, había decidido ordenar la ejecución de cuantos hubieran participado en el frustrado derrocamiento, incluyendo a su hermano.

Después de escuchar con paciencia la encendida diatriba del rey, Tadeo le dijo:

—Tu enfermedad no ha sido causada por una maldición ni por una debilidad en tu cuerpo, sino por el rencor que habita en tu alma. El mal terminará sólo cuando remplaces el odio por compasión y misericordia. Debes amar a tus enemigos y orar por ellos…

Las palabras de Tadeo eran martillazos irrefutables para Abgar, quien se sintió extremadamente confundido; luego lo invadió la ira y les pidió que se retiraran porque necesitaba descansar.

Los apóstoles obedecieron, abandonaron el palacio con diligencia y en absoluto silencio. Tal vez no habían curado al rey, pero lo habían ayudado, en nombre de Jesús, a percatarse de la ofuscación de su mente. Con todo, se sentían decepcionados porque su tentativa de superar la discordia con Zaroes, a través de la máxima autoridad de Edesa, se había visto frustrada. En el corazón de Tadeo floreció un aciago presentimiento.

Unas semanas después, las noticias más importantes que recorrían Edesa se relacionaban con la "milagrosa" sanación del rey, y con su decisión de liberar a todos los conjurados. Al mismo tiempo, increíblemente, se había anunciado una entrevista conciliatoria entre Abgar y Diyako, en la que ambos habrían de llegar a un acuerdo para asegurar la paz en el reino.

Lo más asombroso no fue que Abgar hubiera puesto en práctica las palabras de Tadeo, sino que también manifestara públicamente la intención de convertir su fe.

La tensión social, que había permanecido enmascarada durante un breve periodo, se recrudeció. Algunos imitaron al rey, abandonaron su religión y se unieron a los seguidores de Jesús. Sin embargo, muchos otros veían debilidad en las acciones de Abgar, y apoyaban el movimiento de Zaroes y su propuesta de expulsar a esos "sediciosos cristianos" de la ciudad.

Los apóstoles eran conscientes de todo lo que significaban las proclamas de Abgar, y planearon visitar su palacio cuanto antes. Aunque también percibían que la hostilidad en su contra aumentaba, Tadeo siempre exhortaba a todos para que fueran valientes al proclamar su fe y su amor a Dios, y que no desfallecieran en la búsqueda de la paz.

18

Fin y principio

El crepúsculo matutino había llegado a Edesa, y Tadeo meditaba sobre la imborrable imagen de Jesús en la cruz. Su sacrificio, la sangre y la misión que le había encomendado. Luego recordó el día de su partida de Canata hacia el este. De repente, su pensamiento, que fluía con sosiego, se alteró sobremanera. Todo ese tiempo en Edesa no se habían acordado de Kusro. Se sintió acongojado e impulsivamente fue con Simón para indagar si sabía algo de aquel guardián espiritual del "árbol cósmico". Además, él podría ser la clave para establecer un pacto de concordia con Zaroes.

Simón le dijo extrañado que Martha le había preguntado lo mismo la noche anterior, pero que él nunca había oído hablar de alguien con ese nombre en la región. Tadeo cerró fuertemente los ojos y se llevó una mano a la frente. Enseguida buscó a Martha y le propuso elevar una oración en honor de Kusro.

Rememoraron aquel lugar en Eridu al que concibieron como el mismo en el que ocurriera la caída de la especie humana, pero que también simbolizaba el inicio de la búsqueda de un camino para retornar a su elevada condición anterior. Las diferentes religiones con las que habían establecido contacto durante su peregrinaje por tierras orientales eran una prueba evidente del incesante esfuerzo de los seres humanos por alcanzar ese propósito. Todas ellas eran igualmente valiosas y constituían una preciada herencia, cuya adecuada aplicación permitiría en el futuro la adquisición de la conciencia planetaria que requería la humanidad para continuar su evolución como especie.

Súbitamente, Simón interrumpió su ensimismamiento para comunicarles con espanto que afuera de la casa había una muchedumbre que gritaba y les exigía que abandonaran Edesa.

En la ciudad se realizaba un festejo para honrar al sol y a la luna, el cual se prolongaba durante días. Varios participantes, guiados por la cólera de Zaroes, habían llegado hasta la morada de los apóstoles con antorchas y proferían imprecaciones en medio de una creciente exaltación.

Martha permaneció orando, mientras Judas Tadeo y Simón abrieron la puerta con arrojo. Tadeo comenzó a hablar tranquilamente. Primero agradeció la inesperada y multitudinaria visita; posteriormente expresó el profundo respeto que le inspiraban los cuerpos celestes en cuyo honor se llevaba a cabo la celebración, así como la admiración que profesaba por los conocimientos astronómicos que habían alcanzado las milenarias culturas de esa región.

La evidente sinceridad y la total carencia de temor que irradiaban ambos apóstoles impresionaron a la multitud y le hicieron guardar silencio.

En ese momento emergió una voz iracunda en medio de la gente. Era Zaroes, quien gritaba a sus partidarios y les exigía que se dieran cuenta de las verdaderas intenciones de Tadeo de destruir su cultura e imponer la doctrina del Cristo.

De pronto, dos hombres de la turba rodearon con odio a los apóstoles y luego se arrojaron contra ellos sin encontrar resistencia. Los golpearon violentamente con garrotes y el suelo se tiñó de rojo ante la mirada de la gran multitud, que permaneció estática, sin atreverse a tomar partido. Martha escuchó lo que sucedía y se acercó llena de miedo e impotencia. En su interior ya no ardía ningún fuego; sólo había sufrimiento.

Tadeo y Simón aún tenían fuerza para bendecir a aquellos hombres atroces, y elevaron una plegaria. Inmediatamente, Zaroes exigió que les cercenaran la garganta para que no pudieran pronunciar palabra alguna. Y así lo hicieron; los hombres hundieron sus cuchillos sin ningún remordimiento. Simón sucumbió al instante, mientras Tadeo, con la sangre brotando del cuello, todavía se daba tiempo para esbozar una sonrisa compasiva ante la intolerancia ilimitada, ante sus verdugos y ante la muerte misma.

Un acto aberrante de injusticia abría paso al desastre, que todo lo invadía con su tiniebla, como si ratificara que todo destello de esperanza se tuviera que buscar siempre en las ruinas de la ceguera humana. No obstante, una vez más, Dios se había revelado en un sacrificio que probaba la autenticidad de la fe de sus siervos.

Algunos habitantes de la comunidad se percataron de lo que ocurría en la casa de los apóstoles y habían corrido a dar aviso al comandante de la guarnición de la plaza, Baradac, un general de confianza del rey Abgar. El militar acudió con un pequeño destacamento, pero al llegar, el crimen ya se había consumado y los despreciables asesinos se apresuraban a esconderse entre la gente, que se dispersaba apesadumbrada y confundida.

Martha cubrió los cuerpos ensangrentados con una mortaja. Estaba desconsolada y llena de lágrimas, pero se guardó muy bien de gritar su dolor. Tenía la seguridad de que su amado Tadeo y Simón habían muerto por la verdad, siguiendo y transmitiendo el ejemplo de Jesús hasta en la agonía. Con las manos en el vientre, pronunciaba una oración y reflexionaba cómo regresaría a Caná.

Con el desorden que se había generado a causa del abominable crimen cometido en contra de los apóstoles de Jesús, nadie reparó en que el báculo de Tadeo había quedado arrumbado a unos metros de su cadáver. Hincada junto al cuerpo de Tadeo, Martha había caído en un estado de tristeza y abandono de la realidad. Sus ojos estaban fijos en el rostro de Tadeo. Agotada física y emocionalmente, volteó a su alrededor intentando situarse en el lugar en que se encontraba. En un segundo, alcanzó a ver el báculo, intacto y manchado con la sangre que brotó de la garganta de Tadeo al momento de ser asesinado.

A gatas llegó hasta donde estaba aquel cetro de poder. Lo tomó y se aferró a él pegándolo a su pecho. Los sollozos nuevamente brotaron de su corazón y un llanto silencioso empapó su rostro. Sin embargo, sintió consuelo. Era como si el espíritu de Tadeo estuviera ahí, como si la textura áspera de la madera transmitiera la dulzura del tacto de su esposo.

Tadeo había muerto, pero ella aún estaba ahí. Ambos habían consagrado su vida a propagar las enseñanzas de Jesús. Si Tadeo estuviera vivo no cejaría en su labor. Ella tampoco. Seguiría difundiendo la palabra de Jesús, aun cuando tuviera que huir incesantemente de sus intolerantes opositores. No lo pensó más: regresaría a Palestina.

De boca del propio Simón había oído que María Magdalena se había entregado a la misma labor, sólo que lo hacía conformando grupos de mujeres que se reunían para estudiar las enseñanzas del Mesías. Martha había sido quizá la primera mujer que no sólo había estado en el círculo más cercano de Jesús, sino que había sido partícipe y testigo de su trabajo de principio a fin.

Se uniría a María Magdalena. La encontraría y colaboraría con ella. En los días que le restaban de vida honraría a Jesús, a Simón y, con toda su alma, a Tadeo. María Magdalena estaría contenta de re-encontrarse con ella. Su destino estaba decidido.

Baradac observaba con pesadumbre el dolor de la mujer, e hizo lo único que estaba a su alcance: ordenó que se recogieran los restos de los apóstoles, para luego enviarlos en una carroza al palacio de

Abgar. El rey sintió profundamente la muerte de quienes ahora consideraba sus insuperables maestros. Ese mismo día, de cara al sombrío porvenir del reino de Osroene, dispuso que se hicieran esculturas fidedignas de ambos mártires y procedió a enterrarlos en sepulturas que permitieran una identificación duradera.

Fin y principio. Una fructífera etapa en la existencia de Judas Tadeo había concluido, pero ello no significaba la desaparición completa de la influencia benéfica de ese ser. Desde una dimensión superior aguardaba a Martha para que juntos impulsaran la llegada de una era propicia para la recuperación de las funciones sacerdotales de las mujeres y el desarrollo de una conciencia planetaria en la humanidad. San Judas Tadeo, el apóstol de las causas imposibles.

Nota del autor

Tras una vida colmada de acontecimientos excepcionales, Judas Tadeo había muerto.

Su sepulcro permanecería cerca de un siglo en Edesa, en un sitio distinguido por la escultura que lo representaba. Durante ese periodo, las comunidades cristianas de la zona se incrementaron considerablemente, y Abdías, un discípulo de Tadeo, trasladó los restos del apóstol a Babilonia, donde podían ser objeto de veneración por un mayor número de fieles.

En el siglo VIII, la acelerada expansión del islamismo en Asia ocasionó una disminución de los devotos cristianos. Temerosos de que el sepulcro de Tadeo sufriera una profanación, los dirigentes sacerdotales optaron por llevarlo a Roma.

En el año 800 tuvo lugar la coronación de Carlomagno, el gran defensor del cristianismo. El suceso originó la esperanza de poner fin a la fragmentación del poder político que prevalecía en Europa y a las incesantes luchas que libraban entre sí los señores feudales. El papa León III, quien llevó a cabo la ceremonia de coronación, opinaba que el propósito que siempre había guiado a Judas Tadeo durante su peregrinaje en Asia era insignia de un anhelo de "unidad en la diversidad", y que ésa debía ser la finalidad principal del naciente imperio. Posteriormente hizo entrega de los despojos mortales del apóstol a Carlomagno, quien los trasladó con gran pompa y ceremonia a la basílica de San Saturnino en Toulouse, Francia.

El objetivo de alcanzar la unificación de Europa no sobrevivió a la muerte del emperador; para ello fue necesario un largo proceso de más de 1 000 años. Los feudos se unieron primero para conformar naciones, las cuales se enfrentaron en cruentas contiendas, hasta que finalmente, en la segunda mitad del siglo xx, lograron constituir una unión europea.

¿Qué ocurrió mientras tanto con la memoria de san Judas Tadeo? Sus restos permanecieron en Toulouse, y su figura prácticamente cayó en el olvido durante años. Hay dos razones fundamentales para explicar lo anterior. La primera es que su nombre no resultaba muy favorable para propiciar la devoción a su persona. "Judas" es sinónimo de traición, y para la inmensa mayoría de los cristianos, Iscariote es el máximo villano de la historia. La segunda razón se deriva de que las misiones que el propio Jesús le encargara, y a las que Tadeo consagró su existencia, fueron no sólo incomprendidas sino reprobadas durante mucho tiempo.

Como resultado de los adelantos en la investigación sobre pueblos y religiones de todo el mundo, la visión "eurocentrista" de la historia fue duramente criticada en la primera mitad del siglo xx por pensadores como el alemán Oswald Spengler y el inglés Arnold Toynbee. En su obra advirtieron que cada cultura en los más diversos rincones del planeta tiene un valor idéntico —Europa no es superior—, y que todas forman parte de una herencia espiritual común para toda la humanidad.

De forma paralela al progreso de la conciencia sobre la diversidad cultural, la memoria de la labor de san Judas Tadeo se recuperó gradualmente. A finales del siglo xviii aparecieron diversas representaciones escultóricas de su imagen, pero eso no alteró la marginalidad en la que permanecía. No fue hasta finales del siglo xix y la primera mitad del xx, cuando la devoción hacia el mártir de Edesa comenzó a extenderse lentamente en varios países.

El año de 1968 puede considerarse el inicio de una conciencia planetaria en la humanidad, de donde se derivan consecuencias de gran significación histórica: el derrumbe de los sistemas autoritarios en Europa Oriental y en muchas otras naciones; el surgimiento de organizaciones ecológicas cada vez más activas; un cambio de la posición de la mujer en la sociedad; una revalorización de las culturas indígenas. No resulta sorprendente que en ese mismo año haya aparecido de forma explosiva el fervor hacia un santo que buscó la integración de los grandes movimientos espirituales en uno solo.

La consolidación del objetivo de san Judas Tadeo permitirá a la especie humana alcanzar el pleno desarrollo de una conciencia planetaria y actuar en forma unificada, para resolver los problemas igualmente planetarios que la presente globalización del mundo ha generado: ecológicos, económicos, políticos y sociales.

Haber dedicado su vida a promover, con dos milenios de anticipación, el proceso de integración espiritual de la humanidad y la recuperación del derecho de las mujeres a ejercer el sacerdocio, justifica plenamente que se considere a Judas Tadeo el santo encargado de dar cumplimiento a las causas que parecen perdidas.

Testimonio de gratitud

Esta obra no hubiera podido realizarse de no ser por la invaluable ayuda proporcionada por las siguientes personas: Carlos Miguel Velasco, Lorena Cielo, Andrés Ramírez, Enrique Calderón y Edgardo Bustamante.

Índice

San Judas Tadeo, de Antonio Velasco Piña
se terminó de imprimir en febrero de 2010 en
Worldcolor Querétaro, S.A. de C.V.
Fracc. Agro Industrial La Cruz
El Marqués, Querétaro
México